AMOURS & REPRÉSAILLES

LA

DAME DE MONSOREAU

L'histoire authentique des amours de la dame de Monsoreau avec Bussy d'Amboise prouve que si la réputation de ce brillant soldat, cruellement mis à mort par l'époux outragé, n'est pas surfaite, peut-être ne méritait-il pas le renom de *Galant des Galants*.

A tous égards le comte de Monsoreau eut donc tort de le faire hacher par morceaux ; sa meilleure vengeance eût été de raconter partout de quelle étrange façon Bussy d'Amboise aimait. Contre l'ordinaire, en cette circonstance, c'est le cocu qui eût eu les rieurs de son côté.

∴

Louis de Clermont de Bussy d'Amboise commença de faire parler de lui à dater de la nuit à jamais exécrablement célèbre du 24 août 1572. La nuit de la Saint-Barthélemy.

Il avait vingt-trois ans, alors ; la mort récente de son père l'avait fait déjà riche ; mais pas assez encore à son gré ; aussi plaidait-il contre son cousin Antoine de Clermont, frère utérin du prince de Porcien, pour lui enlever le marquisat de Renel, magnifique terre dont les revenus le tentaient.

Malheureusement le procès n'allait pas vite. Et puis le gagnerait-il, ce procès ?

Bussy émettait ses craintes à ce sujet en dînant, le 22 août, avec un sien ami, — Larchan, capitaine des gardes du duc d'Alençon — chez le traiteur Le More.

Et l'on dînait très-bien, trop bien même, chez le traiteur Le More, si l'on en croit un mémoire intitulé : *Discours sur l'excessive cherté*, présenté en 1577, par un avocat, à la reine-mère Catherine de Médicis.

On lit dans ce mémoire :

« On ne se contente pas aujourd'hui à un repas ordinaire de trois services, consistant en bouilli, rôti et fruits ; il faut d'une viande en avoir cinq ou six façons, des hachis, des pâtisseries, salmigondis et autres excès ; et quoique les vivres soient plus chers qu'ils ne le furent jamais, rien n'arrête ; il faut de la profusion, il faut des ragoûts sophistiqués pour aiguiser l'appétit et irriter la nature.

« Chacun veut aujourd'hui aller dîner chez Le More, chez Samson, chez Havart, chez Innocent, ministres de profusion et de volupté, et qui, dans un royaume bien policé, seraient bannis et chassés comme corrupteurs des mœurs. »

Voilà un moraliste bien sévère !... Il avait un mauvais estomac probablement, l'auteur de ce *Discours*. Que dirait-il, mon Dieu ! s'il revenait à Paris de nos jours où tout est hors de prix, comme vivres ; ce qui n'empêche pas les *ministres de profusion et de volupté* tels que Bignon, Brébant, Peters, et autres, de faire fortune.

Bref, Bussy d'Amboise, à table en face de son ami Larchan, se plaignait donc de ne pas être sûr de posséder bientôt ce marquisat de Renel qu'il désirait si fort.

— Mon cher, lui dit Larchan, échauffé par les fumées du vin, il dépend uniquement de soi souvent, quand les choses traînent trop, de les hâter.

— Comment, de les hâter ?...

— Sans doute ! Regarde, moi : tu sais que je suis amoureux de mademoiselle de la Chataigneraie... qui ne demanderait qu'à m'épouser, si elle était plus riche.

— Je le sais, oui.

— Tu sais encore que, pour être plus riche, il faudrait que mademoiselle de la Chataigneraie héritât de son beau-père et de ses deux frères ?

— Je le sais encore. Eh bien ?

— Eh bien !... d'ici à peu... grâce à un événement dont je te confierai le secret si tu me promets de le garder pour toi, j'ai tout lieu d'espérer que mademoiselle de la Chataigneraie héritera... et, partant, m'épousera.

— Tu veux faire assassiner ses deux frères et son beau-père ?

— Assassiner !... Allons donc !... Pour qui me prends-tu !... Ecoute :

Larchan baissait prudemment la voix en se penchant vers Bussy.

— Dans deux jours, continua-t-il, c'est-à-dire dimanche prochain, 24 août, au soir, — cela a été décidé en conseil solennel par le roi, la reine-mère, les ducs de Guise, de Nevers et d'Anjou ; — on débarrasse la France tout entière, Paris et les provinces, des huguenots... les hugue-

nots maudits..., à commencer par leur chef, monsieur l'amiral de Coligny.

« Tout est arrêté, préparé! Madame Catherine de Médicis donne le signal à minuit en faisant sonner le beffroi de Saint-Germain-l'Auxerrois...

« Aussitôt... pif, paf, patara pa pan!... à coups d'épée, de dague, d'arquebuse ou de pistolet, le massacre s'entame de toutes parts!... Ah! ah!... ces pauvres parpaillots!... Quelle surprise!... Surtout pour ceux qui seront endormis et qui se réveilleront aux enfers.

— On ira donc les tuer chez eux?

— Non! On se gênera!... On les tuera partout! Dans leurs maisons, dans la rue, dans leurs temples, jusque dans le Louvre!... Gare au roi de Navarre et au prince de Condé!...

« Et puis, qu'en dis-tu?... »

Bussy, un peu pâle, — on ne reçoit pas impunément tout à coup semblable confidence, — Bussy vida son verre, et hochant la tête :

— Je dis, répliqua-t-il, que le roi et la reine ont raison, s'il leur plait, d'agir ainsi avec les huguenots.

« Mais que je ne vois pas quel rapport ce massacre peut avoir avec tes affaires... et les miennes.

« Les frères et le beau-père de Mlle de la Chataignerie... pas plus que mon cousin Antoine de Clermont... ne sont, que je sache, de la religion réformée. Par conséquent... »

Larchan partit d'un grandissime éclat de rire.

— Ah! naïf... s'exclama-t-il. Ah! Ah! Triple naïf!... Comment, tu ne comprends pas qu'il sera facile de se tromper... un peu... en tuant... beaucoup, dans l'ombre de la nuit? D'autant plus facile pour ceux qui se tromperont... exprès.

Bussy tressaillit.

— Si! Si! dit-il, je comprends!

— Les catholiques avertis auront une croix blanche sur la poitrine ou à leur chapeau en signe de ralliement, mais ceux qui ne seront pas au courant du jeu n'en auront pas. Et tant pis pour eux!...

« Et voilà comme je te garantis que, le lendemain de la Saint-Barthélemy, mon épée... et une erreur, — que je déplorerai de toutes mes forces, — aidant... Mlle de la Chataigneraie n'aura plus ni frères ni beau-père. — Une succession... inattendue qui triplera sa dot.

« Voilà comme, par le même procédé, ton cousin Antoine de Clermont n'étant plus en ce monde pour te disputer le marquisat de Renel, tu entreras tout naturellement en possession de ce marquisat.

« Hein!... Une fière épine que je t'enseigne à te tirer du pied. Pour la peine quand tu seras marquis tu me permettras d'aller chasser sur tes terres. »

∴

Soyons juste : Bussy d'Amboise hésita avant d'employer le *procédé* si courtoisement mis à sa disposition par Larchan. Bussy était brave et fier ; il lui répugnait de recourir à un assassinat pour s'enrichir.

Mais, dans la soirée du dimanche 24 août, quelques gentilshommes de la suite de Mrs de Guise et d'Anjou vinrent lui offrir d'être des leurs dans la chasse au huguenot qui s'organisait. Refuser, c'était s'exposer aux soupçons des princes. Qui n'est pas pour est contre. Bussy accepta ; il ceignit sa meilleure épée, arbora la croix blanche, et partit avec les gentilshommes.

Il avait un valet, nommé Remy-le-Haquet, véritable sacripant de sac et de corde. Remy-le-Haquet, qui devait la place qu'il occupait chez Bussy à sa qualité de son frère de lait, n'aimait, comme on dit, que plaies et bosses. Il ne pouvait pas mettre le pied dans une taverne sans y semer aussitôt le désordre, jurant, sacrant et menaçant chacun de lui couper les oreilles... « jusqu'aux talons! » C'était son expression favorite.

Remy-le-Haquet avait suivi son maître, enrôlé un peu contre son gré dans la troupe de chasseurs d'hommes. Aux premiers sons du tocsin, au premier bruit de la mousquetade, aux premiers cris des malheureux qu'on égorgeait, il huma l'air et son œil étincela comme celui d'un loup qui flaire un parc de moutons. Le malheur voulut qu'à ce moment on passât près de la rivière, devant la maison occupée par Antoine de Clermont...

Était-ce que le valet avait entendu l'avant-veille, chez Le More, l'entretien de Larchan et de son maître, mais s'adressant à celui-ci en lui montrant du doigt cette maison :

— Entrons-nous, Monsieur ? dit-il.

— Non !... répliqua vivement Bussy, Non !...

Et il tourna le dos à Remy.

— Peuh ! fit ce dernier, en haussant les épaules, on a des scrupules de conscience !...

« Eh bien ! je vous montrerai, monsieur d'Amboise, que je suis digne d'avoir sucé le même lait que vous !...

« Malgré vous, je vous ferai riche !... »

Bussy avait continué son chemin, attendant plutôt que cherchant l'occasion d'occire quelques protestants. Les bourreaux ne manquaient pas à l'œuvre ; il n'avait pas besoin de se presser.

Soudain, comme il allait monter en bateau pour gagner la rive gauche de la Seine, un homme en chemise, l'épée à la main, accourut de son côté.

Cet homme, c'était Antoine de Clermont.

Les deux cousins se reconnurent à la lueur des torches fichées à l'avant de la barque.

— Antoine ! s'écria Bussy, plus disposé à rire qu'à autre chose à l'aspect imprévu de son parent dans cet étrange costume.

Mais ce dernier n'était pas d'humeur folâtre, lui !

— Bussy ! fit-il ; ah ! lâche, c'est donc toi qui m'envoies assassiner par ton valet !... Eh bien ! s'il faut que je meure, tu ne profiteras pas de mes dépouilles ! Tu mourras avec moi !

Disant ces mots, Antoine de Clermont chargea Bussy.

On devine la cause de cette colère. A la tête d'une demi-douzaine de bandits de son espèce, Remy-le-Haquet avait pénétré, en brisant les portes, dans le logis d'Antoine de Clermont, qui, couché depuis longtemps déjà, endormi, n'avait eu que le temps de se réveiller et de sauter par une fenêtre, non sans avoir reconnu pourtant, en fuyant, dans la bande des assaillants, le valet de Bussy d'Amboise.

La lutte entre les deux cousins ne fut pas longue ; elle était trop inégale. Mais, somme toute, Bussy était dans le cas de légitime défense ; avant qu'il n'eût tiré son épée, celle d'Antoine avait effleuré sa poitrine.

Bussy tua Antoine d'un coup à travers le cœur.

Alors, comme grisé par ce sang innocent qu'on l'avait forcé à répandre, Bussy, tout à l'heure tiède partisan du massacre, en devint un des acteurs les plus enragés. Courant partout où il y avait à tuer, il tua... il tua sans pitié, sans relâche, pendant vingt-quatre heures consécutives.

S'il ne surpassa pas en férocité ce tireur d'or, appelé Crucé, qui, le lendemain de la Saint-Barthélemy, se vantait en montrant son bras nu, d'avoir égorgé plus de *quatre cents hommes*, peut-être l'égala-t-il.

Quelle boucherie horrible !... Et quelle tache hideuse, ineffaçable, cette épouvantable nuit a imprimée au front de Charles IX, de Catherine de Médicis et du duc de Guise !...

On a essayé de nier que le roi s'en fût mêlé. Mais Brantôme, qui vivait de ce temps, le dit : « Charles IX prit une grande arquebuse de chasse qu'il avait et en tira tout plein de coups à ceux qui se réfugiaient dans le faubourg Saint-Germain, mais en vain, car l'arquebuse ne tirait si loin. Incessamment il criait ! « Tuez ! Tuez !.... » Et il n'en voulut sauver aucun sinon son premier chirurgien Ambroise Paré. »

Et s'il le sauva ce ne fut pas par humanité, certes, mais parce qu'un premier chirurgien, on y tient : cela ne se remplace pas aisément.

Il y a des détails tantôt affreux, tantôt ignobles, dans cet immense et énorme assassinat.

« La Rochefoucauld — dit Dulaure — qui avait joué la veille jusqu'à onze heures du soir avec Charles IX, et à qui ce roi avait dit en plaisantant qu'il viendrait, pendant la nuit, lui donner le fouet, éveillé par des meurtriers masqués, et croyant que c'était le roi qui venait exécuter son badinage, les accueillit en riant, et fut aussitôt poignardé par un gentilhomme auvergnat appelé Le Barge

» La plupart des protestants de la caste nobiliaire, arrachés de leurs lits, étaient traînés sous les fenêtres du roi, qui tenait en main une liste de tous les noms de ceux qu'il destinait à la mort. Il prenait plaisir à voir tomber sous les poignards ceux que la veille il avait comblés de caresses. A la fin du jour, le Louvre fut environné de cadavres et de sang.

» Le croirait-on ! les femmes de la cour, femmes dignes de leur exécrable maître, venaient en foule repaître leurs yeux de ces horribles images, parcouraient, avec une impudente curiosité, les corps nus et ensanglantés des victimes. De Thou dit qu'on en remarqua qui considéraient avec attention le corps du baron Dupont pour y reconnaître la cause ou quelques signes de l'impuissance qu'on lui reprochait. D'autres écrivains attribuent cette recherche, indigne de la dernière des femmes, à la reine-mère.

» Un très-petit nombre d'hommes opposa de la résistance aux assassins. On cite parmi ceux-là Antoine Marafin de Guerchi, qui, entouré d'ennemis, enveloppe son bras de son manteau, et tue quatre hommes avant de tomber à son tour.

» Un nommé Taverny, homme de robe, acculé devant sa maison avec son domestique, résista toute la nuit aux massacreurs. Ayant épuisé toutes ses munitions de guerre, il lança sur eux de la poix fondue. Enfin il succomba. »

René, parfumeur de la reine-mère, celui qu'on accusait d'avoir empoisonné la reine de Navarre, était un des héros de ces scènes tragiques. « Homme confit en toutes sortes de cruautés, dit l'Estoile,[1] qui alloit aux prisons pour poignarder les huguenots, et ne vivait que de meurtres, de brigandages et d'empoisonnements, il attira chez lui un joaillier sous prétexte de le sauver ; il se fit donner toutes ses marchandises, et puis lui coupa la gorge et le jeta dans la Seine. »

« La ville n'était plus qu'un spectacle d'horreur et de carnage;[2] toutes les places, toutes les rues retentissaient du bruit que faisaient ces furieux en courant de tous côtés pour tuer et piller; on n'entendait de toutes parts que hurlements de gens ou déjà poignardés ou prêts à l'être. On ne voyait que corps morts jetés par les fenêtres; les chambres et les cours des maisons étaient pleines de cadavres, on les traînait inhumainement dans les carrefours et dans les boues; les rues regorgeaient tellement de sang qu'il s'en formait des torrents.

« La journée du dimanche (24 août), dit un autre écrivain contemporain, fut employée à tuer, violer et saccager. La rivière était teinte de sang, les portes et entrées du palais du roi peintes de même couleur. *Le papier pleurerait* si je récitais les blasphèmes horribles proférés par ces monstres, ces diables *encharnés*, pendant la fureur de tant de massacres. Les commissaires, capitaines, quarteniers, dixainiers de Paris allaient, avec leurs gens, de maison en maison, puis massacraient cruellement ceux qu'ils rencontraient, sans avoir égard au sexe ni à l'âge, animés à ce faire par les ducs d'Aumale, de Guise et de Nevers qui allaient criant par les rues : « Tuez ! tuez tout ; le roi le commande ! »

« Les charrettes, chargées de corps morts de demoiselles, femmes, filles, hommes et enfants, étaient menées et déchargées à la rivière. »

1. Mémoires de l'Histoire de France.

2. Histoire de De Thou.

∴

Mais c'est trop nous arrêter sur une des plus sinistres pages de notre histoire. Nous vous avons montré Bussy d'Amboise, le beau, le noble, le grand Bussy d'Amboise *se distinguant* dans les massacres de la Saint-Barthélemy, — à peu près à la manière du comte de Coconas, ami de La Mole qui se glorifiait d'avoir acheté du peuple, lors de ces funestes journées, jusqu'à trente protestants, pour se donner le plaisir de les faire mourir à son gré, leur promettant la vie s'ils reniaient leur religion, et, après qu'ils l'avaient reniée, les poignardant à petits coups pour les faire languir et prolonger leur souffrance [1], — il est temps de vous conter comment il *se distingua* dans ses amours.

Pour cela, faisant momentanément rentrer en scène certaine dame qui joue un grand rôle, un trop grand rôle dans la vie de Henri IV, — Marguerite de Valois, première et indigne épouse de ce roi, — nous commencerons par vous dire l'histoire de la liaison de Bussy avec cette princesse.

Et ne vous impatientez pas! Ce récit n'est pas un hors-d'œuvre, et au contraire! C'est en quelque sorte le prologue du drame que nous avons à représenter devant vous; le vaudeville avant la grande pièce.

Lorsque le roi de Navarre, profitant d'une partie de chasse, eut réussi, génie gascon vainquant le génie italien, à s'enfuir de Paris où la politique de Catherine de Médicis le tenait en chartre privée, Henri III, furieux de cette évasion, « jetant feu contre sa sœur, eust fait, dans sa colère, exécuter contre sa vie quelque cruauté, s'il n'eust été retenu de la royne, sa mère. [2] » On se borna à lui donner des gardes pour l'empêcher de suivre le Béarnais et de communiquer avec lui; puis, on lui permit, comme elle était un peu malade, d'aller prendre les eaux à Spa...

Enfin, le duc d'Anjou — qui s'était sauvé comme le roi de Navarre, — étant revenu à la cour de France, une fois la paix signée, Marguerite, devenue tout à coup éperdûment éprise du beau Bussy, un des gentilshommes de ce prince, ne manifesta plus un si vif empressement à rejoindre son mari en Gascogne.

Il n'y eut pas jusqu'à Henri III, dans sa joie d'échapper aux embarras de la guerre civile, qui, bien que détestant foncièrement Bussy dont le luxe insolent éclipsait le luxe royal, n'affectât de le traiter avec une aménité extrême.

Bussy reçut les gracieusetés de Sa Majesté comme si elles lui étaient dues. Orgueilleux comme un paon, — son cousin Brantôme l'a dit, — Bussy, s'estimant digne d'une couronne, ne jugeait pas nécessaire de se courber devant qui en possédait une.

Par contre il était très-sensible aux politesses des dames, surtout lorsque ces dames étaient jolies; et Marguerite, ou la reine Margot, comme l'appelait familièrement son frère défunt Charles IX, était très-jolie, et elle ne lui ménageait pas ces *politesses*, qu'en d'autres termes on qualifie d'avances; Bussy se déclara donc illico le cavalier servant de la reine Margot.

Au bal, à la promenade, à la chasse, il ne la quitta plus.

— *Encore un!* dit Henri III à Saint-Mégrin et d'Epernon, ses mignons favoris. Cette Margot! son cœur ressemble à un lit d'auberge, tout le monde y couche!

Le mot était méchant, on s'empressa de le rapporter à la reine de Navarre.

Elle n'avait pas sa langue dans sa poche, la gaillarde!

— Puisqu'il n'a jamais couché à l'auberge, comment le roi peut-il en parler? dit-elle.

Il est certain que, vu la singularité, l'excentricité notoire de ses goûts, Henri III était assez mal avisé de critiquer les choses d'amour.

1. Mémoires sur l'Histoire de France.
2. Journal de l'Estoile.

⁂

Quinze jours s'étaient écoulés depuis que Henri III avait dit de Bussy, arborant ouvertement les couleurs de Marguerite : « Encore un ! »

Et comme le roi, toute la cour, sans excepter le plus petit page, eût mis la main au feu que la reine de Navarre avait trouvé un remplaçant, selon ses vœux, à tant et tant d'heureux vainqueurs de son impressionnable cœur.

Eh bien ! comme le roi, toute la cour se fût rôti la main à cette épreuve.

Après quinze jours, le beau Bussy n'en était encore, avec Marguerite, qu'aux bagatelles de la porte : les doux propos assaisonnés de doux baisers.

Ce n'était pas que Marguerite ne l'encourageât à demander pour obtenir davantage. Nous l'avons dit à propos de son aventure avec le vicomte de Turenne : la reine de Navarre prisait médiocrement l'amour platonique qu'elle traitait de viande creuse.

Mais Bussy n'avait pas d'exigences, que voulez-vous ! Force était à la dame de prendre en patience les modestes appétits de son nouvel amoureux.

A la fin pourtant elle se lassa de se mettre à chaque instant à table pour ne jamais manger que des radis.

Un soir, à la suite d'une visite d'une heure environ, Bussy se levait pour se retirer...

C'était en hiver ; il neigeait.

S'approchant d'une croisée à travers les vitraux de laquelle elle plongea son regard en dehors :

— Oh ! oh ! dit Marguerite, d'un ton de compassion, mais il fait un temps effroyable ! Vous allez vous égarer dans ces steppes, mon ami !

— J'ai ma litière, répondit Bussy.

— Bon ! mais il y a au moins une brasse de neige sur le pavé, vos porteurs ne s'en tireront jamais !

« Et puis les voleurs sont à craindre par ces mauvais temps !

— Je ne crains pas les voleurs, ce sont les voleurs qui me craignent.

Marguerite sourit.

— Enfin, reprit-elle, si vous ne craignez pas les voleurs, vous pouvez craindre de gagner un rhume. Le plus vaillant et le plus fort n'a pas à se défendre contre cet ennemi-là !

« Et... s'il vous agréait, j'aurais un moyen à vous proposer de ne pas risquer de vous enrhumer... »

Parlant ainsi, la reine de Navarre entourait de ses bras potelés le cou de son amant et approchait ses lèvres des siennes.

— Et... ce moyen ? fit-il.

— Ne le devinez-vous pas ? murmura-t-elle. Restez.

Il tressaillit. Elle crut que c'était de joie. Cependant, le voyant pâlir,

— Qu'avez-vous ? dit-elle. Vous appréhendez quelque ennui pour moi, quelque conséquence fâcheuse de votre séjour prolongé dans mon appartement ? Non ; vous n'avez rien à redouter. Tout le monde dort au Louvre. Personne ne saura rien.

Bussy ne répliqua pas. La reine avait passé avec lui dans sa chambre à coucher ; cette fameuse chambre à coucher, dont nous avons parlé dans l'histoire de Henri IV, au lit garni de satin noir...

En quelques secondes Marguerite fut au lit...

Certes c'était un tableau des plus séduisants que celui de cette femme, au corps blanc et rose, étendue sur cette couche voluptueuse. Pourquoi donc son amant ne s'empressait-il pas de se précipiter dans les bras de cette femme ?...

Hélas ! — le moment est venu de révéler l'étrange désagrément auquel la nature avait soumis Bussy. Quelque chose de si cruel et de si ridicule à la fois qu'on ne le souhaiterait point à son plus mortel ennemi... — Bussy, en face du bonheur, se trouvait dans l'impuissance de le goûter, parce que...

Parce que l'excès même de son ravissement lui donnait la colique !... Vous avez bien lu : *la colique ;* l'horrible et stupide *colique ;* avec ses douleurs sourdes dans le ventre et sa sueur froide au visage; avec son anxiété et sa défaillance!..

C'eût été au temps des fées, on eût pu croire que quelque maligne Carabosse, conviée trop tard à la naissance de Louis de Clermont d'Amboise, le voyant par ses sœurs comblé de tous les dons les plus enviables, avait pris plaisir à lui dire : « Soit! Tu seras beau, tu seras fort, tu seras brave! Tous les hommes seront contraints de te reconnaître pour leur maître, tous les femmes ne demanderont qu'à voir en toi leur vainqueur!...

« Mais si l'épée et la dague à la main rien n'est capable de t'arrêter, il n'en sera pas de même quand tu seras près de descendre en amoureuse lice!...

« Bussy l'invincible comme guerrier, je te condamne à être Bussy le vaincu comme amant!... Et vaincu de la façon la plus triste!... sans combat! »

Il pâlissait de plus en plus, ses traits se contractaient... ses jambes refusaient de le soutenir; il tomba sur un siége.

— Qu'avez-vous? demanda Marguerite effrayée.

— Une indisposition subite... balbutia-t-il.

— Ah! mon Dieu!...

Elle sauta à bas du lit.

— D'où souffrez-vous?

— De partout!...

— Oh!... vous êtes empoisonné peut-être!...

La supposition n'avait rien d'extraordinaire. On empoisonnait volontiers, comme on sait, à la cour de Henri III.

Il secoua la tête.

— Non, dit-il, ce n'est pas cela...

— Qu'est-ce donc alors?

Il n'osait pas avouer l'espèce du mal qui le torturait. N'y tenant plus pourtant :

— Je vous demanderai la permission, Madame, dit-il... si vous daigniez appeler quelqu'une de vos femmes pour me conduire...

— Bon! bon!... Je comprends! Pauvre ami! Vous aurez mangé quelque chose d'indigeste!...

*

Nous ne nous étendrons pas davantage sur un sujet peu pittoresque par lui-même; nous nous contenterons de dire que cette nuit, que la reine de Navarre s'était imaginée passer si agréablement, fut employée tout entière par elle à soigner Bussy, à lui faire boire des cordiaux, des tisanes...

Ce n'est pas un des moindres mérites des femmes, lors qu'elles aiment, de ne connaître ni dégoûts, ni répugnances. De maîtresse ardente, Marguerite était devenue, par la force des événements, garde malade. Elle s'acquitta de sa tâche en conscience...

Au matin, Bussy, à peu près remis, put regagner son hôtel après avoir remercié mille fois la reine de ses bontés.

Il la revit dans la journée.

Il s'excusait encore...

— Ne parlons plus de cela, dit-elle. Tout le monde peut-être malade.

Et elle ajouta en souriant :

— Et il faut espérer que vous ne le serez pas toujours.

Mais si... c'est qu'au contraire il le fut toujours! C'est qu'à deux reprises différentes encore, l'heure du berger ayant sonné pour lui près de Marguerite, il n'en profita pas.

Le *Divorce satyrique*, pamphet du temps que nous avons déjà plusieurs fois cité, ne se gêne pas pour le dire : » La reine de Navarre ne trouva pas son compte avec Bussy et l'on assure qu'il n'était pas si brave dans les ruelles qu'à la tête d'un camp volant, parce qu'il était incommodé d'une colique qui le prenait d'ordinaire au moment où elle est le plus inopportune. » D'ailleurs il faisait noblement les choses et envoyait galamment à Marguerite, les vaincus qu'il avait épargnés dans les batailles et qui lui avaient demandé la vie « au nom de la personne qu'il aimait le mieux. » Brantôme a raconté qu'il dépêcha ainsi à la reine de Navarre le capitaine

Elle s'était avisée de venir au Louvre demander à la reine mère de la prendre à son service. (Page 11.)

Page, officier du régiment de Lancome, qu'il allait tuer, quand celui-ci eut l'heureuse inspiration de se recommander à la dame de ses pensées. Bussy, frappé au cœur de ce mot, dit : « Va donc chercher par tout le monde la plus belle princesse et dame de l'univers, et te jette à ses pieds et la remercie, et lui dis que Bussy t'a sauvé la vie pour l'amour d'elle. »

Et Brantôme ajoute : « Et cela fut fait. »

Fort bien ! Marguerite dut être très-flattée sans doute d'avoir un amant qui l'aimait à ce point d'accorder la vie à ses ennemis *pour l'amour d'elle.*

Mais, si, de loin, cet amant était un héros, dans le tête-à-tête il n'en avait pas même apparence.

Bien qu'elle dise de lui dans ses *Mémoires* qu'il était né pour être *la terreur de ses ennemis, la gloire de son maître* et *l'espérance de ses amis*, Marguerite quitta Bussy d'Amboise pour prendre Saint-Luc.

Saint-Luc n'était pas un grand guerrier.... mais il n'avait pas la colique à perpétuité.

⁂

C'est en 1578 que Bussy fit la connaissance de Diane de Bertheret, femme du comte de Monsoreau.

Charles de Chambes, comte de Monsoreau, était un brave gentilhomme qui s'était signalé sous Charles IX dans la célèbre journée de Moncontour, où le duc d'Anjou, depuis Henri III, battit à plates coutures les huguenots commandés par Coligny.

Cependant, quoique sa valeur eût attiré sur lui l'attention du prince en lui donnant l'espoir des plus hautes faveurs, Monsoreau — qui n'avait que trente ans alors, — prenant pour prétexte la mort de sa mère qu'il chérissait, quitta brusquement le service du duc d'Anjou et se retira dans un château, appelé le château de Constancières, qu'il possédait dans le Saumurois.

Il y avait cinq années qu'il vivait là sans autres distractions que la pêche et la chasse, et ne paraissant point en désirer d'autres, lorsqu'il vit arriver chez lui une ancienne amie de sa mère, la comtesse de Bertheret, en compagnie de sa fille Diane. — Une enfant encore. Elle n'avait pas quatorze ans.

Femme d'un protestant à qui les guerres de religion avaient coûté tour à tour sa fortune et sa vie, seule à Paris avec sa fille, seule et pauvre, et triste, la comtesse de Bertheret, dans un moment de découragement, avait eu l'idée d'aller demander, pour elle et pour sa fille, aide et protection à Charles de Chambes.

Il reçut cordialement la veuve et l'orpheline; les intalla dans le plus bel appartement de son château et les traita comme si elles eussent été l'une sa mère, l'autre sa sœur....

Aussi se plaisait-il à leur donner ces titres.

Mais Mme de Bertheret n'était pas destinée à jouir longtemps du bonheur qu'elle goûtait à Constancières. De trop violents chagrins avaient développé chez elle les germes d'une maladie mortelle. Elle s'inclinait chaque jour vers la tombe.

Au milieu de l'année 1576, soit quinze mois après son arrivée chez M. de Monsoreau, la comtesse, alitée depuis six semaines déjà, sentit approcher sa dernière heure.

Charles et Diane n'avaient pas cessé de la veiller pieusement, affectueusement.

C'était un soir; ils étaient comme de coutume assis tous deux à son chevet.

Soudain, la moribonde, qui, depuis un moment, les couvait l'un et l'autre d'un regard attentif, s'adressant à sa fille :

— Eloigne-toi quelques minutes, je te prie, mon enfant, dit-elle; j'ai besoin de causer avec Charles.

Diane obéit; elle se retira.

Mme de Bertheret prit la main du comte et dit :

— Vous avez été bien bon et bien généreux envers moi, mon ami.

— Je n'ai fait que mon devoir, ma mère, répliqua Monsoreau.

— Ma mère! répéta la comtesse, dont les yeux à demi éteints retrouvèrent une lueur de joie, si vous saviez, mon cher Charles, combien il m'est doux que vous m'appeliez ainsi!....

« Cela m'encourage dans le dessein que j'ai formé de vous soumettre une prière.... avant de vous quitter pour toujours.

— Une prière.... quelle qu'elle soit, ma mère, je m'engage d'avance à l'exaucer. Parlez.

— Oh! Prenez garde, mon ami! Vous vous engagez peut-être trop vite!... Peut-être ce que j'attends de vous vous coûtera-t-il plus que vous ne pensez!...

« Et pourtant, non; plus j'y songe plus il me semble que c'est chose toute simple!... Tout à l'heure encore je vous considérais, Diane et vous, assis l'un près de l'autre...

« Elle devient jolie, n'est-ce-pas, Charles, ma Diane?... Bien jolie?

— Bien jolie, il est vrai.

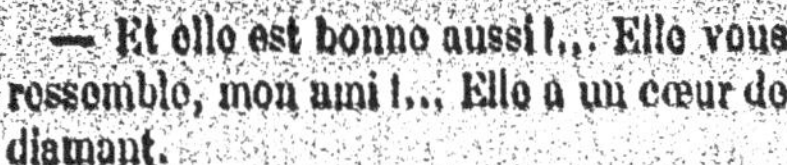

— Et elle est bonne aussi !... Elle vous ressemble, mon ami !... Elle a un cœur de diamant.

— Enfin, ce vœu, que vous désiriez me soumettre, ma mère ?

— Ce vœu, mon fils, ne le devinez-vous pas ?... Diane est pauvre, et vous êtes riche... mais vous l'aimez et elle vous aime... Et puis, ce n'est pas vous, qui avez tous les nobles sentiments, qui vous laisserez arrêter par de mesquines considérations de fortune.

— Achevez.

— Je voudrais donc... Je serais heureuse... Quand je ne serai plus là, vous concevez ? Diane ne pourra pas rester près de vous comme votre sœur.....

« Mais elle y peut rester toujours comme votre femme.

— Madame !...

Charles de Chambes était devenu affreusement pâle. Tout son corps était agité d'un tremblement convulsif.

Mais les forces de la comtesse, surexcitées par l'intérêt qu'elle portait à cet entretien suprême, commençaient à s'épuiser ; les ombres du trépas voilaient de nouveau ses yeux.....

Elle ne vit pas, elle ne put voir la pâleur de Monsoreau, son agitation terrible.

— Eh bien? reprit-elle d'une voix suppliante. Que me répondez-vous, mon ami? Puis-je mourir tranquille ? Me donnerez-vous vraiment le droit de vous dire en quittant cette terre : Adieu, mon fils !.

Il se taisait.....

Diane entra.

— Eh bien ? répéta Mme de Bertheret.

Charles regarda Diane. Comme elle était jolie !...

— Mourez en paix, ma mère, dit-il.

— Ah ! fit la comtesse dans un indicible transport de reconnaissance, soyez béni, mon fils !..

« Diane.... ma Diane.... approche et donne ta main à Charles. Il n'est plus ton frère, désormais... il est ton ma... »

Mme de Bertheret n'acheva pas ; la dernière syllabe du mot qu'elle allait prononcer s'envola dans l'air avec son dernier soupir....

Un présage. — Diane, en effet, ne devait avoir que *la moitié* d'un mari.

∴

Dans l'automne de l'année 1577, à la suite d'un duel où il avait tué à lui seul deux des mignons bien aimés de Henri III, Bussy d'Amboise partit pour Angers en qualité de commandant de la citadelle de cette ville ; une magnifique citadelle construite sous saint Louis, pour résister aux incursions des Bretons et des Normands.

Ce n'était pas sans peine que le duc d'Anjou avait décidé Bussy à cette manière d'exil ; Bussy se refusait absolument à quitter Paris, à s'éloigner de la cour.

Mais Henri III était fort irrité, et, tout frère du roi qu'il fût, le duc d'Anjou ne pouvait garantir son serviteur contre la Bastille.....

Bussy finit par céder ; il s'en alla en compagnie d'une jeune Italienne qu'il avait alors pour *petite* maîtresse.....

Car Bussy avait ses petites et ses grandes maîtresses ; ses maîtresses sans conséquence et ses maîtresses d'apparat. Et, chose bizarre, près des premières, dont la possession n'influait pas comme celle des secondes sur son orgueil, il n'était pas sujet, en tête-à-tête, à l'indisposition chronique que nous avons mentionnée....

Ce qui prouverait que le cerveau a plus de points de corrélation qu'on ne suppose avec le ventre.

Julita Guadagnini, la *petite* maîtresse de Bussy, était une simple soubrette de Catherine de Médicis. Fille d'un marchand de Florence, qui la rendait malheureuse, elle s'était avisée un jour de venir de son pied léger à Paris, au Louvre, demander, en pleine cour, à la reine-mère, de la prendre, à titre de compatriote, à son service.

Elle n'était pas jolie, mais elle avait l'air intelligent, et la hardiesse de sa dé-

marche dénotait du courage. On pouvait utiliser cette fille ; Catherine de Médicis l'agréa...

De son côté, Bussy, à qui plaisait tout ce qui était en dehors du vulgaire, jeta un regard de complaisance su: la Florentine...

Sans être amoureux d'elle, — et peut-être, sous certains rapports, heureusement pour elle, — il daigna lui manifester quelques désirs...

Ceci, un mois avant le duel où, selon son habitude, il avait ait mordre la poussière à ses adversaires.

Bref, comme il allait s'acheminer vers Angers, Julita avait dit à Bussy :

— Voulez-vous que je vous suive?

Ce à quoi il avait répondu : « J'y consens ; suis-moi. Seulement je t'avertis que si tu me sacrifies ta liberté j'entends, toujours et partout, conserver la mienne?

— Je n'ai pas d'autre prétention que de continuer d'être votre très-humble servante, monseigneur, avait répliqué Julita.

∴

Etait-ce réellement l'amour qui avait poussé la Florentine à abandonner la maison de la reine-mère pour suivre Bussy?

Chacun le crut, et Bussy lui-même, d'autant mieux que Catherine de Médicis parut furieuse en apprenant la fugue de sa caméristo, qu'elle traita de libertine et d'ingrate.

Une pure comédie que ce grand courroux.

La vérité est, qu'en partant avec Bussy, la Julita obéissait aux instructions secrètes de Catherine. Si Henri III exécrait le favori du duc d'Anjou, Catherine ne l'abominait pas moins. Grâce à son maître, Bussy allait se trouver à l'abri de cette double haine, entre les solides murailles d'un château-fort ; mais il n'y resterait pas continuellement, dans ce château, il irait par la ville et les environs, et, du caractère qu'il avait, avec son goût pour les intrigues et les aventures, il était évident qu'il commettrait tôt ou tard quelque sottise qui, bien exploitée, concourrait à sa perte.

Eh bien ! Julita avait mission d'instruire Madame de Médicis des faits et gestes de Louis de Clermont. Un singulier emploi que cette fille avait accepté là, n'est-ce pas? La faute de Bussy. Il affectait de ne voir en Julita qu'une esclave dont, de temps à autre, pour se distraire, il récompensait, d'un baiser, le tendre attachement ; méprisée, la Julita était devenue méprisable. Elle eût pu être une maîtresse dévouée, elle était une lâche espionne.

C'était Remy-le-Haquet, — ce valet, on s'en souvient, si habile à faire gagner ses procès à son maître : en tuant ceux contre lesquels il plaidait, — qui rapportait à Julita tout ce qu'elle ne pouvait pas découvrir par elle-même. Remy-le-Haquet ne s'imaginait, en bavardant, être agréable qu'à la curiosité d'une femme jalouse : il alimentait celle des plus cruels ennemis de Bussy.

Au surplus, pendant les premiers temps de son séjour à Angers, ce dernier ne donna guère prise contre lui ; il tua bien, par-ci par-là, en duel, quelques gentilshommes qui ne s'étaient pas inclinés assez bas sur son passage, ou qui, dans des assemblées, s'étaient permis d'être en désaccord d'opinions avec lui ; il déshonora quelques bourgeois qui avaient des emmes gentilles. Mais toutes cesbagatelles n'entraînaient pas pour lui de fâcheuses conséquences...

Il s'ennuyait fort, d'ailleurs, dans son gouvernement, et écrivait souvent au duc d'Anjou pour l'inviter àle rappeler.

« Attends encore un peu, lui répondait le duc, le roi n'est pas apaisé ; il y aurait imprudence de ta part à reparaître à ses yeux. »

— Corbaque ! s'écriait Bussy, je n'ai pas envie pourtant de pourrir en province !...

« Encore s'il y avait quelque jolie femme à aimer sérieusement par ici !... »

C'est curieux ! Bussy tenait à aimer... sérieusement, et lorsqu'il aimait de la sorte, c'était comme s'il chantait.

∴

Vers la fin du mois de juin 1578, Charles de Chambes, comte de Monsoreau, fut obligé de quitter son château de Constancières pour se rendre à Paris où le réclamaient les soins d'un héritage important à recueillir.

Il partit en recommandant à Diane de Bertheret, sa femme, de sortir le moins possible pendant son absence, et surtout de ne recevoir personne.

Elle promit de se conformer en tous points à ses ordres.

Il y avait deux ans, en 1578, que Diane de Bertheret était comtesse de Monsoreau. Mariée tout enfant, — dans sa quinzième année, — elle avait donc alors dix-sept ans.

Et si, enfant, elle était déjà jolie, elle l'était bien davantage, femme.

Sa beauté néanmoins avait un cachet étrange. Ses traits étaient fins et réguliers, l'ensemble de son visage était doux, gracieux et charmant. Mais.... avez-vous comparé quelquefois une rose venue dans une serre, en décembre, et une rose éclose en plein air, au chaud soleil de mai, dans un jardin? Quelle différence de couleurs et de parfums!... Comme la seconde est bien plus vigoureuse que la première.... plus vivante!... Comme on voit que c'est la nature qui a fait l'une, tandis que c'est à l'art que l'on doit l'autre!

Eh bien! Diane de Bertheret, c'était la rose de serre. Il y avait quelque chose d'incomplet dans sa beauté comme dans sa grâce; quelque chose qui sentait le malaise organique.

Sa voix, sa démarche, son sourire avaient même atonie.

Charles de Chambes, du reste, ne paraissait pas être dans un meilleur état de santé que sa femme. Il avait extrêmement vieilli depuis son mariage; ses joues s'étaient creusées, son teint avait pâli, son dos s'était courbé. Il touchait à peine à ses quarante ans; on lui en eût donné cinquante.

C'est dans le petit salon où elle avait coutume de filer ou de lire, en société de Gertrude Bryan, — une bonne paysanne picarde qui l'avait élevée, — que Diane reçut les adieux de son époux.

Il vint à elle, la contempla longuement avec une expression d'amour mélangée de tristesse, puis, lui prenant la main :

— C'est convenu, Diane? dit-il, ne sortez que rarement, et, s'il se présentait des visiteurs, ne les recevez pas.

— C'est convenu, mon ami; répéta-t-elle.

— Au revoir donc!... Oh! dans six semaines, deux mois au plus, je compte vous avoir rejointe.

Elle s'inclina comme pour dire : « Ainsi-soit-il! » Il reprit :

— Ne voulez-vous pas que je vous embrasse avant de partir?

— Mais si, mon ami.

Elle lui tendit son front sur lequel il posa ses lèvres en soupirant.....

Un soupir qui eut un écho étouffé...

C'était Gertrude Bryan, assise à quelques pas, dans le salon, et qui observait du coin de l'œil cette scène intime, qui soupirait de son côté en haussant légèrement les épaules, dans l'instant où, près de s'absenter, pour deux mois, le comte de Monsoreau donnait à sa femme un de ces baisers qu'un homme réserve d'ordinaire pour sa sœur où sa fille.

∴

Le château de Constancières était situé à deux lieues d'Angers, au milieu d'une vaste plaine entourée de bois.

Une quinzaine de jours après le départ de son mari, un matin, Diane se promenait en compagnie de Gertrude et d'un page sur la lisière de ces bois, quand un gentilhomme, débouchant par la route de Durtal, — un beau gentilhomme fastueusement habillé, monté sur un cheval magnifique, et escorté de deux écuyers, — passa près de la comtesse, et l'ayant considérée, arrêta net sa monture en s'écriant d'un ton enthousiaste :

— Vive Dieu ! voilà une adorable personne !

La jeune femme, rougissante, baissait les yeux.

— Madame est madame la comtesse de Monsoreau, monseigneur ! dit Gertrude, à la fois flattée du compliment adressé à sa chère Diane, et froissée de la façon cavalière dont il était formulé.

— Madame la comtesse de Monsoreau ! répéta l'étranger en sautant légèrement à terre ; eh bien ! madame la comtesse de Monsoreau, Louis de Clermont de Bussy d'Amboise vous salue et vous proclame la plus accomplie des belles que, depuis qu'il existe, il lui ait été donné d'admirer.

Deux ou trois fois, en présence de Diane, Monsoreau, causant avec des amis, — de vieux gentilshommes du voisinage, — s'était entretenu du nouveau gouverneur de la citadelle d'Angers, et le portrait qu'il en avait tracé ne s'accordait probablement pas, de l'avis de la comtesse, avec l'original, car elle s'exclama :

— Quoi, monseigneur, vous êtes monsieur de Bussy d'Amboise ?...

— Oui, madame. Pourquoi cette surprise ?

Elle ne répondait pas. Bussy continua gaiement :

— Je devine. On ne m'aime pas dans ce pays. On vous aura tant dit de mal de moi qu'il vous semble extraordinaire même que j'aie figure humaine.

« Ceci vous enseigne, madame, qu'il ne faut pas ajouter foi à tous les méchants propos. Je vaux mieux que ma réputation, je vous jure. Et il me serait permis de vous le prouver, en vous rendant un service, que je n'hésiterais pas.

Diane s'inclina.

— Je vous crois, monsieur, dit-elle, et je vous remercie.

Et se retournant vers Gertrude, elle ajouta :

— Rentrons, ma bonne.

— Rentrer !... Déjà ! reprit Bussy ; qu'est-ce qui vous presse ? Le comte de Monsoreau n'est pas, j'espère, de ceux qui me haïssent. Nous ne nous sommes jamais rencontrés, lui et moi ; il ne saurait donc s'offenser du plaisir que j'éprouve à vous présenter mes hommages.

— Le comte de Monsoreau est absent, monsieur, dit Diane.

— Ah ! fit Bussy, qui ne dissimula pas un mouvement de joie. Ah ! il est absent !... Pour longtemps ?...

— Pour quelques semaines.

— En vérité ! Je le regrette. J'aurais été ravi de m'assurer qu'il ne partage pas les injustes sentiments, à mon endroit, de quelques-uns de ses compatriotes.

« Mais, puisque monsieur de Monsoreau n'est pas ici, raison de plus pour que je tienne à devoir de vous reconduire à votre demeure, madame. »

Bussy offrait son bras à Diane. Elle restait indécise....

D'un signe de tête, Gertrude, qu'elle consulta du regard, lui dit : — Acceptez ! Acceptez !...

La jeune femme posa sa main tremblante sur le bras de Bussy et s'achemina avec lui vers le château.

Le trajet n'était pas long, mais ils le parcoururent lentement... en ménageant pour ainsi dire chaque pas.

Gertrude marchait derrière eux, attentive à leur entretien.

— Vous devez bien vous ennuyer, toute seule ainsi, madame ? entama Bussy.

Elle sourit mélancoliquement. Un sourire qui signifiait : « J'ai l'habitude de l'ennui. »

Mais Bussy ne put comprendre le sens de ce sourire. Il poursuivit :

— Si j'osais... moi aussi, l'ennui m'obsède dans cette province !... Si j'osais, je vous demanderais la faveur de venir quelquefois passer une heure ou deux à vos côtés, madame ?

Diane fit un geste négatif.

— Non ! reprit Bussy. Vous refusez ? Pourquoi ?...

Gertrude s'approcha.

— Parce que, dit-elle, monsieur le comte a défendu à madame de recevoir qui que ce soit en son absence.

— Ah ! dit Bussy, monsieur de Mon-

soreau a *défendu!*... Il est donc jaloux, monsieur de Monsoreau?

— Jaloux comme un tigre! répliqua Gertrude.

— Ma bonne!... dit Diane, sur l'accent du reproche.

— Ah! je dis ce qui est, moi, reprit la vieille paysanne.

« A cause, au fait, si monsieur avait le temps de venir quelquefois vous souhaiter un petit bonjour, que vous ne le recevriez pas?... C'est-il un crime, ça, pour un honnête seigneur et une honnête dame, de se distraire en passant... deux où trois fois par semaine... une ou deux heures ensemble?

— Assurément il n'y a rien de criminel là-dedans! s'écria Bussy, très-aise de l'assistance inattendue que lui apportait la bonne femme.

» Cependant, si madame la comtesse redoute de désobéir à son mari, et surtout — le point essentiel, — si elle présume que mes visites ne lui seront pas agréables...

— Mon Dieu! Monsieur, murmura Diane, je suis loin de dire... Je serais très-honorée de... mais...

— Mais, interrompit Gertrude, qui paraissait décidée à triompher séance tenante des hésitations de la comtesse, est-ce que vous avez peur que monsieur le comte n'apprenne à son retour, par les domestiques, les gens d'armes, que vous avez reçu M. Bussy d'Amboise? Si ce n'est que cela, tranquillisez vous! Nul ne verra rien et par conséquent ne dira rien. Je m'en charge.

— Que veux-tu dire?...

— Eh! n'y a-t-il pas une petite porte qui donne du parc sur la forêt, par laquelle monseigneur pourrait entrer le soir sans que personne s'en aperçût!...

— Gertrude!...

— Madame, dit Bussy, le moyen que nous propose cette digne Gertrude est excellent, et si vous le repoussez, c'est que la vive sympathie que vous m'avez subitement inspirée, — et que je serais enchanté de vous témoigner par mes soins, — n'a pas le don de vous plaire...

« Et dans ce cas je n'ai qu'à vous demander humblement pardon de vous avoir importunée.

« Prononcez donc, madame? Dois-je revenir? Dois-je vous dire un éternel adieu? »

Troublée, palpitante, Diane regardait tour à tour Bussy et Gertrude; l'un, ce beau gentilhomme, vers lequel elle se sentait invinciblement attirée, l'autre, sa vieille amie, la compagne de ses jours, qui eût dû la protéger contre cette séduction, et qui, au contraire, semblait prendre à tâche de l'y exposer davantage.....

— Décidez, madame! répéta Bussy.

— Ah! fit Diane, je rêve, sans doute!... Gertrude! Gertrude! C'est toi qui me conseilles....

— De vous distraire, oui, madame, c'est moi qui vous conseille cela. Et j'ai raison.

« Allons! Quand voulez-vous que monseigneur de Bussy revienne?

— Quand il voudra! balbutia Diane.

Et, s'élançant, elle disparut à l'intérieur du château.

— A ce soir donc, n'est-ce pas, ma bonne Gertrude? dit Bussy, radieux. Cette porte par laquelle tu m'introduiras?...

— Est de ce côté, monseigneur. Vis-à-vis de cette touffe de châtaigniers.

— Bien. J'arriverai à neuf heures. Tiens. Et ce n'est qu'une faible partie de la dette que j'ai contractée envers toi que j'acquitte.

Il tendait sa bourse, pleine d'or, à la vieille femme....

Mais, repoussant cette bourse :

— Merci, monseigneur, dit-elle; vous ne me devez rien; c'est moi bien plutôt qui vous dois.

— Comment? Parce que j'aime ta belle maîtresse?

— Oui. — Je vous expliquerai cela ce soir.

∴

Bussy fut exact au rendez-vous; à neuf heures sonnant, accompagné seulement de Remy-le-Haquet, qui resta à la porte du parc pour garder les chevaux, il fut introduit au château par Gertrude.

La vieille femme, néanmoins, ne le conduisit pas tout de suite près de sa maîtresse....

Avant de s'engager avec lui dans un escalier qui aboutissait à l'appartement de Diane, s'arrêtant soudain près d'un tertre de gazon ombragé par une charmille :

— Monseigneur, dit Gertrude, ne vous souvient-il point que je vous ai promis des explications au sujet du plaisir que me cause votre amour pour madame la comtesse ?... Amour partagé, j'en suis sûre! Elle m'a grondée tantôt, après votre départ... très-fort grondée de l'avoir poussée à accepter vos visites!..... Mais en me grondant elle m'embrassait...

« Et dans ce moment elle vous attend avec impatience.

— Ne la faisons donc pas attendre davantage, dit Bussy. J'avoue que ta singulière façon de refuser mon présent a piqué ma curiosité... mais je suis plus amoureux encore que curieux, et...

— Pardon, monseigneur, mais il faut pourtant d'abord que vous m'entendiez. Il le faut!... Oh! Et ne vous chagrinez pas!... Les quelques minutes que je réclame de votre attention ne seront pas perdues pour votre amour. Et loin de là!... puisque ce que j'ai à vous dire ne peut que l'accroître.

— Eh bien! soit!... Parle! Parle vite! je t'écoute.

Bussy s'était assis sur le tertre. Gertrude, debout devant lui, commença en ces termes :

— Oh! c'est bien singulier ce que je vais vous apprendre, monseigneur! Si singulier que vous aurez peine à le croire...

« Mais pourquoi vous tromperais-je?

« D'ailleurs, comme vous ne ferez pas comme *lui* avec elle, j'imagine, vous, vous serez convaincu bientôt que je ne vous ai pas menti.

— Menti à propos de quoi? dit Bussy que les paroles de la bonne femme intriguaient au suprême degré. Qu'as-tu de si extraordinaire à me révéler? Qu'est-ce que je ferai autrement que *lui* avec elle? Et, avant tout, quel est ce *lui*?...

— Le comte de Monsoreau, donc, le mari de madame Diane.

— Et qu'a-t-il fait, le comte de Monsoreau, avec sa femme?

— Il a fait... il a fait... qu'elle n'est pas sa femme, là!

— Comment!...

— Et! non, elle n'est pas sa femme, vu que depuis deux ans qu'il l'a épousée, elle est encore vierge comme au premier jour.

— Vierge!...

— Vierge et martyre! Oui! Martyre, car elle a dix-sept ans, la pauvre enfant, et... — je la connais bien, c'est moi qui l'ai élevée! — et je puis vous affirmer qu'elle n'est pas bâtie pour appartenir à un mari qui soit si peu son mari que cela!

L'étonnement rendait Bussy muet.

— Ah! Cela vous confond, n'est-ce pas? reprit Gertrude. C'est la vérité, cependant!... La triste vérité. Madame Diane n'est pas l'épouse du comte de Monsoreau, c'est sa sœur.

— Il ne l'aime donc pas?..

— Il l'adore.

— Alors...

— Alors, que sais-je, moi!... Il y a un motif assurément pour que, possesseur d'un trésor de beauté, monsieur le comte n'en fasse pas plus de cas que du dernier des laiderons.

— Mais lorsqu'il l'a épousée...

— Oh! il faut être juste : il l'a épousée moins de son plein gré peut-être que pour contenter madame de Bertheret, la mère.

« Il les avait recueillies toutes deux, la mère et fille, pauvres et seules, dans son château. Avant de mourir, madame de Bertheret lui a dit, je présume : « Diane ne peut pas rester à titre d'amie seulement chez vous. — Bon! aura-t-il répondu, je lui donnerai mon nom. »

« Et il le lui a donné! mais voilà tout. A part le nom, madame Diane n'a pas cessé d'être mademoiselle Diane.

« Il y a longtemps que j'observe tout, et vous concevez, monseigneur : j'ai eu

Au même instant, un homme, armé de pied en cap, sauta par la fenêtre. (Page 11 .)

un mari pour de vrai, moi, par conséquent il y a de ces choses sur lesquelles je ne puis m'abuser.

« Je n'ai jamais rien dit à monsieur le comte, — il n'a pas l'air commode quand il s'y met... il m'aurait jetée dehors peut être pour m'apprendre à fourrer mon doigt entre l'arbre et l'écorce; — je n'ai rien dit non plus à madame Diane!... à quoi bon lui donner des regrets!..

« Mais... je suis franche : j'ai souhaité plus de mille fois qu'une occasion pareille à celle qui s'est présentée aujourd'hui se présentât. Ce qui n'était pas facile; il ne vient au château que des vieillards, et, depuis deux ans, voilà la première absence de monsieur le comte.

« Vous savez tout, monseigneur. Si j'ai eu tort de conseiller à Madame de vous recevoir, tant pis!... Je raisonne à ma manière, moi! Je l'aime de toute mon âme, ma chère madame Diane; je préfère donc qu'elle tombe en faute que dans la tombe!...

» Et maintenant, venez!... »

∴

Diane était vierge!... Son époux n'était qu'un frère pour elle!... Et il l'adorait, pourtant, disait-on!... Par suite de quelles circonstances mystérieuses, pouvant tout, cet homme n'avait-il jamais rien voulu?...

Quoiqu'il en fût, on conçoit l'effet des révélations de Gertrude. La bonne femme avait dit vrai : ces révélations avaient décuplé l'amour de Bussy. Songez donc! il croyait n'avoir trouvé qu'un bijou ordinaire... et c'était une perle de la plus belle eau qu'il était appelé à posséder! Il y avait de quoi être fou de joie.

Et c'est que, dès sa seconde visite à Diane, Bussy, qui doutait encore un peu malgré lui, ne douta plus. Non seulement Diane était innocente comme l'enfant qui vient de naître, mais, de l'innocence de l'enfant, elle avait encore la naïveté enchanteresse, la chaste et ravissante candeur.

D'autant plus respectueux qu'il était plus épris, Bussy — nonobstant les secrets encouragements de Gertrude à oser vite et beaucoup, — s'était borné, les premiers jours, à parler au cœur de sa maîtresse...

Enfin il parla à son âme en éveillant ses sens... dans un baiser.

Ce premier baiser convainquit absolument notre amant que la jeune femme n'était bien qu'une jeune fille. Elle faillit sur s'évanouir au contact des lèvres de Bussy les siennes!..

Non, Gertrude n'avait pas menti!... Diane ignorait même les douceurs du baiser.

Et cette caresse inconnue, en bouleversant tout son être, y produisit en même temps une réaction splendide. La comtesse de Monsoreau près de son amant ne ressemblait déjà plus à la comtesse de Monsoreau près de son mari... ou plutôt près de son fraternel ami. Elle renaissait à la vie, son teint s'éclaircissait, ses yeux prenaient de l'éclat; sa démarche, sa voix s'affermissaient...

Hier c'était une statue animée, aujourd'hui c'était une femme; et la plus séduisante des femmes!

Mais... on n'a pas oublié ce que nous avons dit, qu'un malin démon s'était juré sans doute d'entraver cruellement et piteusement les amours les plus chères à Bussy.

On se souvient de ses *fiasco*, — car nous voici revenus sur le chapitre de certains *malheurs* amoureux décemment décorés de ce nom italien par Stendhal; — on se souvient de ses *fiasco* dans les bras de Marguerite de Valois...

Eh bien! ce que l'excès de la vanité satisfaite avait produit, chez Bussy, près d'une reine, l'excès des plus tendres désirs le produisit encore en lui près de la plus délicieuse des jeunes filles....

A cinq ou six reprises, au moment de savourer le bonheur complet en le faisant connaître à Diane, Bussy, saisi par d'âpres épreintes, fut contraint de renoncer à ses voluptueuses tentatives.

Comprenez-vous son désespoir, sa rage? On parle du supplice de Tantale.... mais Bussy était plus à plaindre que Tantale, parce qu'il était plus ridicule.

∴

Cependant le comte de Monsoreau était bien tranquille à Paris, occupé de liquider son héritage, et, entre temps, de faire sa cour au roi, qui avait gardé de lui un excellent souvenir pour sa vaillance à Jarnac et à Moncontour, et, à cause de cela, le traitait avec une aménité toute particulière.

Encore une quinzaine de jours, cependant, et en dépit des flatteuses instances de Henri III, Monsoreau allait reprendre la route du Saumurois.

Il regrettait profondément, assurait-il, de ne pouvoir demeurer dans la capitale, où Sa Majesté lui faisait l'honneur de désirer qu'il se fixât, mais il était généralement mal portant, sa femme elle-même était d'une santé délicate. Habitués, elle et lui, à l'air des bois, des champs, ils n'eussent pas résisté un an au séjour de la ville.

Un soir que le comte répétait ces paroles à Henri III, plus gracieux et plus aimable que jamais avec lui :

— Soit! dit Sa Majesté, retournez donc à Constancières, cher comte...

« Puisque votre détermination est irrévocable, j'aurais mauvaise grâce à continuer de la combattre.

« En y réfléchissant, même, d'après certaines nouvelles que j'ai reçue stantôt, et comme gage de l'amitié que je vous porte, au lieu de vous retenir encore, je vous engagerai maintenant à hâter votre départ.

— Ah! fit Monsoreau, — surpris de ce revirement soudain de sentiment du roi; — et Votre Majesté m'autorisera-t-elle à lui demander quelles sont ces nouvelles dans lesquelles elle voit un motif, pour moi, de prompt retour à Constancières?

« Le pays serait-il agité? Madame de Monsoreau ne m'en dit mot, pourtant, dans ses lettres. »

Henri III sourit ironiquement :

— Les femmes ne parlent que de ce dont elles veulent parler dans leurs lettres, fit-il.

Le comte pâlit.

— Enfin, sire...

— Enfin, cher comte, je vous ai averti; je réitère mon avertissement : mon opinion est que votre intérêt vous commande de ne pas rester cinq minutes de plus à Paris.

« A présent, suivez, ne suivez pas mon conseil, cela vous regarde,

— Mais...

— Mais que voulez-vous que je vous dise de plus? Je vous en ai trop dit déjà peut-être. Vous connaîtrez assez tôt votre malheur.

— Mon malheur!...

— Allons! allons, Monsoreau, remettez-vous! Le mal n'est sans doute pas aussi grand qu'on me le mande... Quoique, quand M. de Bussy d'Amboise s'en mêle... Ah! c'est un terrible galant que M. de Bussy d'Amboise!...

— M. de Bussy d'Amboise?... Qu'a-t-il fait qui puisse m'inquiéter?... Parlez, sire, au nom du ciel, parlez!...

— Non!... Vous voilà tout hors de vous... je me reproche d'avoir suscité vos alarmes. Ah! ma mère me le disait bien : « Ne contez rien à M. de Monsoreau, mon fils! »

— Sire, je suis à vos genoux!... Au nom de la glorieuse estime que vous me témoignez, je vous en supplie, sire!... Dites-moi tout!

— Vous l'exigez!... Eh bien! mon pauvre ami, votre femme vous trompe.

— Avec M. de Bussy d'Amboise?

— Oui.

— Et qui vous a appris?

— Oh! ce serait trop long à vous expliquer en détail. Vous concevez d'ailleurs que je ne connais l'affaire que de seconde main, moi. C'est une maîtresse de M. de Bussy d'Amboise, une Italienne qu'il a emmenée avec lui à Angers, qui, furieuse d'être délaissée, a tout écrit à une de ses amies, dame d'honneur de Madame la reine-mère.

— Et cette femme dit dans ses lettres?

— Que toutes les nuits, depuis tantôt trois semaines, M. de Bussy d'Amboise s'en va coucher à Constancières.

De pâle qu'il était Monsoreau devint livide, et un sourd rugissement s'échappa de sa poitrine.

— Là! là! fit Henri III, du calme encore une fois, comte!... Certaines découvertes sont pénibles, j'en conviens. Mais qu'allez-vous faire pour vous venger? M. de Bussy d'Amboise est non-seulement un grand séducteur, c'est encore un terrible adversaire sur le terrain.....

« Faible, souffrant comme vous êtes, surtout, vous ne lui résisterez pas cinq minutes.

« La belle avance, après avoir perdu l'honneur, de perdre aussi la vie !.....

« Bussy vous tuera..... et il en rira ensuite avec votre veuve.

— M. de Bussy d'Amboise me tuera peut-être, sire, mais il ne rira pas de ma mort, car il mourra comme moi.

— Ah !..... Vous en êtes sûr ?

— J'en suis sûr.

— Et comment vous y prendrez-vous?

— Je demanderai à Votre Majesté la permission de garder pour moi le secret de mes intentions à ce sujet.

— A votre aise, Monsoreau, à votre aise !... Je ne m'informais que dans la crainte que votre projet de vengeance n'échouât par quelque circonstance indépendante de votre volonté.

— Mon projet n'échouera point ; il ne peut échouer. Fût-il brave comme Achille et fort comme Hercule, M. de Bussy d'Amboise succombera,.... je le jure !.....

Monsoreau prononça ces mots d'un ton qui fit involontairement frissonner le roi, tant il vibrait de haine et de résolution farouches.

— C'est bien ; dit Sa Majesté, allez donc, cher comte ; vous avez le champ libre.... absolument libre, entendez-vous? Quoi qu'il arrive, nous nous souviendrons que vous êtes notre ami..... et que M. de Bussy d'Amboise, au contraire, nous a souvent blessé dans nos plus chères et nos plus tendres affections !.....

« Une dernière recommandation avant de nous séparer : ne vous exposez que le moins possible. Conservez vos jours. Madame la comtesse a été plus imprudente que coupable, peut-être. Après avoir châtié l'un, pourquoi ne pardonneriez-vous pas à l'autre, pour goûter encore à ses côtés quelques années de bonheur ? »

Monsoreau secoua tristement la tête.

— Je pardonnerai... j'ai pardonné déjà à Mme de Monsoreau, dit-il, mais je mourrai en même temps que son amant... il le faut. Je le dois ; je le veux.

« Adieu, sire. »

Et le comte, ayant salué le roi, s'éloigna.

— Eh ! Eh ! fit en se frottant agiment les mains Henri III, demeuré seul, je ne sais ce que ce brave époux complote, mais je crois qu'il tiendra son serment et que d'ici à peu nous serons enfin débarrassé de cet impertinent et de ce bravache qui débauche toutes nos dames et tue tous nos amis.

∴

Gertrude n'en revenait pas ! Et il y avait de quoi, en vérité ! Après vingt nuits passées avec son amant, Diane en était au même point encore qu'après deux années passées avec son mari ! La bonne femme n'en était que trop certaine ; forte de son expérience elle avait adroitement interrogé plusieurs fois la comtesse. La comtesse était amoureuse, amoureuse folle de Bussy... son beau Bussy à qui elle devait son initiation à des joies qui, jusque-là, avaient été lettres mortes pour elle... Mais... mais enfin, si Diane s'estimait heureuse, Gertrude, elle, ne jugeait pas qu'elle le fût comme elle pouvait l'être. Qu'attendait donc Bussy ? Comment, il avait dans les mains un des plus délicieux exemplaires du livre d'amour, et il se contentait d'en feuilleter la préface !... Gertrude n'en revenait pas !... Et en vérité il y avait de quoi !

Un soir, en allant recevoir le gentilhomme à la porte du parc, elle n'y tint plus.

— Alors, lui dit-elle brusquement, vous non plus, monseigneur, vous n'aimez pas madame Diane?

— Que signifie ? répliqua Bussy, étourdi de l'apostrophe.

— Ça signifie... eh ! vous me comprenez bien ! ça signifie que ce n'était ma foi pas la peine qu'elle prît un amant, puisque c'est tout comme lorsqu'elle n'avait qu'un mari !...

Bussy rougit; oui, le brillant gentilhomme rougit à ce reproche sorti de la bouche d'une simple paysanne.

— Ne m'accuse pas, ma bonne Gertrude, dit-il; ce n'est pas ma faute, va !...

— Et à qui donc est-ce la faute?

— A la nature.

— La nature?... Qu'est-ce qu'elle a à voir là-dedans, la nature, s'il vous plaît?... Est-ce que madame Diane est bâtie autrement qu'une autre, par hasard?

Bussy ne put s'empêcher de sourire.

— Diane est un ange! reprit-il.

— Eh bien!... Et c'est parce que c'est un ange que vous ne l'aimez pas... comme une femme?

— C'est parce que c'est un ange que je l'aime trop!...

— Ne l'aimez pas trop... aimez-la assez... aimez-la suffisamment.

— Oui; ne te chagrine pas. Il faudra que cela ait un terme, et cela en aura un, je te le promets.

— A la bonne heure!... Songez que le temps s'avance... que monsieur le comte va revenir, et que, lorsqu'il sera revenu...

— Oh! lorsqu'il sera revenu même, je ne cesserai pas de voir ma Diane!

— Hum!... Ça sera plus difficile.

— Difficile ou non, peu m'importe!... Cela sera.

Diane attendait Bussy dans son oratoire. Elle était triste, ce soir-là, Diane. Elle accueillit avec des larmes dans les yeux son amant.

— Qu'avez-vous, ma vie? lui dit-il en la serrant contre son sein.

— Je ne sais, répondit-elle, toute la journée j'ai eu envie de pleurer.

« Et puis, voyez... »

Du doigt, elle montrait, sur une table, à Bussy, les débris d'un miroir de Venise.

— Vous avez cassé ce miroir?... Un bien petit accident!... Je vous en apporterai un autre demain.

— Je ne l'ai pas cassé; je l'ai trouvé brisé ainsi tantôt.

— Votre page qui...

— Mon page n'entre jamais dans cette pièce dont j'ai toujours la clé sur moi.

« C'est un pronostic de malheur, assure-t-on, mon ami, qu'une glace qui se brise toute seule.

— Enfant! quel malheur pouvez-vous redouter puisque je suis près de vous...

Elle était assise sur ses genoux. Leurs lèvres s'unirent; les mains de Bussy s'égarèrent sur une gorge aux suaves contours...

— As-tu toujours envie de pleurer? murmura-t-il.

— Non! balbutia-t-elle.

Tout à coup, au dehors, dans le silence de la nuit, un bruit retentit...

Un bruit d'armes qui se choquent.

Malgré lui Bussy dressa l'oreille.

— Qu'est-ce que cela? dit-il.

Il n'avait pas prononcé ces mots que la porte de l'oratoire, demeurée tout contre, se ferma, attirée de l'extérieur par une main invisible.

Au même instant un homme armé de pied en cap, et la visière de son casque baissée, sauta par la fenêtre dans l'oratoire, suivi, cet homme, en un clin d'œil, de six autres.

— Ah! s'exclama Diane, je le savais bien! nous sommes perdus!... Le comte a tout appris. Il veut nous tuer!...

— Vous, non, madame, dit l'homme entré le premier, en relevant la visière de son casque, mais votre amant, M. de Bussy d'Amboise.

Diane jeta un cri de désespoir.

— Quel est cet homme, Diane? demanda Bussy.

— C'est lui... lui... le comte!

— Ah! vraiment!... c'est M. le comte de Monsoreau!... Enchanté de faire sa connaissance.

« Et vous voilà six pour me tuer, monsieur de Monsoreau? Sans vous compter, car il m'est avis que vous êtes prudent... vous ne vous en mêlerez pas, vous!...

— Plus prudent que vous ne pensez, monsieur de Bussy; je vous sais brave et habile...

— Trop honnête!...

— Si ces six hommes ne suffisent pas, j'en ai cinquante tout prêts à les remplacer.

— Cinquante !... cinquante et six font cinquante-six !... Cinquante-six contre un !... Oh ! oh !... Eh bien ! Voyons si cinquante-six chiens auront raison d'un lion !...

« Les chiens ce sont vos hommes, monsieur le comte... vous, vous n'êtes pas même un chien... vous êtes un renard... bon, et tout au plus, à croquer des poules !... »

Parlant ainsi, tout en déposant Diane évanouie à terre, le long d'une muraille, près du prie-dieu, Bussy, l'épée à la main, guettait l'attaque des hommes d'armes...

— Allez ! dit Monsoreau.

Les six soldats bondirent...

La lame de Bussy décrivit un demi-cercle; deux hommes tombèrent la tête fendue ; un troisième eut la poitrine trouée ; les trois autres reculèrent...

— Cela déblaie ! dit Bussy.

— Pour une seconde, oui, dit Monsoreau. Mais pour une seconde seulement! Voyez.

En effet, sur un cri du maître, six autres hommes venaient d'arriver du dehors dans la chambre, en aide à leurs camarades.

— C'est égal, monsieur de Monsoreau, reprit Bussy, vous êtes un fier lâche, convenez-en !...

— Allez ! dit Monsoreau, sans répliquer à cette injure.

Des neuf, Bussy en tua encore deux et en blessa trois ; mais il reçut aussi une blessure à la cuisse et une à l'épaule droite.

Cependant il força de nouveau ses ennemis restant à reculer.

Mais Monsoreau fit encore entendre son cri d'appel.

Non pas six assaillants, cette fois, mais douze, mais quinze, apparurent, se rangeant comme une muraille de fer le long de la croisée.

— Allons ! dit Bussy, je vois bien qu'il faut mourir ici, mais vive Dieu ! monsieur de Monsoreau, monsieur l'infâme et le couard, je ne mourrai pas seul !...

Aussitôt, sans attendre le commandement du comte aux assassins, Louis de Clermont, sa dague d'une main, son épée de l'autre, se rua sur eux. La lune, de sa lueur claire et paisible, éclairait seule cette scène de carnage, car Bussy avait eu soin d'éteindre les bougies dès le début de la lutte. Pendant quelques secondes, grâce à son agilité et à son adresse sans pareilles, l'amant de Diane résista ; des dix-neuf meurtriers, quatre tombèrent mortellement atteints ; quatre éclopés firent retraite ; mais il y en avait encore onze, sains et saufs, et le malheureux gentilhomme avait cinq blessures maintenant !...

— Courage, mes chiens ! ne cessait de crier Monsoreau.

— Lâche ! Lâche ! rugissait Bussy.

Soudain, comme poussé par la meute, le lion se trouvait à quelques pas du renard, c'est vers ce dernier qu'il se tourna.

Frappé à la gorge, M. de Monsoreau poussa un cri d'angoisse et s'affaissa sur lui-même.

— Je vous l'avais bien dit, comte, que nous nous en irions ensemble, murmura Bussy en tombant près de lui. Adieu, Diane !...

Et il rendit le dernier soupir en souriant railleusement à son ennemi expirant.

⁂

Diane de Bertheret, comtesse de Monsoreau, ne survécut guère à son amant et à son époux. A la suite des événements que nous avons racontés, elle s'était retirée au couvent des Carmélites d'Angers ; elle y mourut en 1580.

Henri III et Catherine de Médicis furent enchantés du trépas de Bussy d'Amboise, en mémoire de qui — seule peut-être de ses anciennes maîtresses, — la reine de Navarre versa une larme.

Les femmes galantes ont cela de bon qu'elles pleurent tout le monde.

— Mais, nous direz-vous, vous ne nous avez pas appris pourquoi le comte de

Monsoreau était si peu le mari de sa femme?...

Il est vrai, et notre devoir est de vous l'apprendre avant de terminer.

Le comte de Monsoreau n'était qu'un frère pour Diane de Bertheret, parce qu'une cruelle blessure, reçue à la bataille de Moncontour, avait fait de lui ce que le chanoine Fulbert fit du malheureux Abélard : un eunuque.

Dans de telles conditions, il eut été plus généreux de sa part de ne pas se venger d'une manière aussi terrible.

Mais, tout en ne pouvant pas être un époux, Monsoreau ne voulait pas être un cocu!.... Chacun son idée!

C'est égal, cette pauvre Diane de Bertheret, ce n'était vraiment pas la peine d'être jolie pour être deux fois si mal aimée!...

LA FEMME DU BOURREAU D'AUCH

Auch est une des plus anciennes villes de France, la capitale jadis de l'Armagnac. Bâtie au temps de la domination des Romains, sur la rive droite du Gers, elle fut transportée par la suite sur la rive gauche. Quels événements amenèrent la destruction de la première ville? On l'ignore; mais il est certain que les défrichements opérés sur son emplacement, en faisant découvrir des restes d'édifices en pierres et en briques, des fragments d'architecture en marbre et de style romain, des mosaïques, ont donné à penser que l'ancienne ville était beaucoup plus importante que la ville moderne.

Auch se divise en deux parties, la ville basse et la ville haute; la pente qui les sépare est très-rapide et couverte de maisons qui semblent plantées les unes sur les autres; les deux parties communiquent entre elles par un escalier de plus de deux cents marches, que l'on nomme, dans le patois du pays : *Pousterno* (Poterne).

La cathédrale, une des plus magnifiques qu'on connaisse, fut commencée sous Charles VIII et achevée quelques années seulement avant l'époque où commence notre récit, c'est-à-dire en 1768, sous le règne de Louis XV. Ses vitraux, que Marie de Médicis projeta de faire transporter à Paris, passent pour les plus beaux de France.

⁂

Or donc, c'était en 1773, par une sombre soirée du mois de novembre. Enveloppée dans sa mante de laine, et chaussée de souliers, — un luxe à cette époque dans la Gascogne, où la plupart des femmes et des filles ne portaient que des sabots, — une femme, ayant rapidement descendu les deux cents marches du *Pousterno*, s'était dirigée, en suivant une ruelle étroite et tortueuse, vers une maison isolée à la porte de laquelle elle avait heurté de cette main ferme d'une personne qui se sait attendue.

En effet, le bruit du marteau sur la plaque de fer résonnait encore que la porte s'entrebailla.

— C'est vous, la Perrine? demanda une voix dans l'ombre.

— Eh! oui, c'est moi, imbécile! repartit gaiement la femme; qui veux-tu que ce soit? N'est-ce pas mon jour ou plutôt mon soir; et ton maître ne m'attend-il pas?

— Je ne dis pas non, mais comme ça, aux environs de la Toussaint, après six heures sonnées, si l'on ne se défiait pas, il y a des visiteurs qu'il ne serait pas agréable de recevoir.

— Ah! Ah! Des revenants, n'est-ce pas? Des fantômes? Tu en as donc toujours peur, mon pauvre Marcou? Tu as mal choisi ton métier, vraiment, avec de pareilles craintes dans la cervelle!

— Je n'ai pas choisi mon métier, je l'ai pris... parce que je n'en avais pas d'autre à prendre.

— Oui... et parce que tu n'étais bon qu'à celui-là! Ah! ah!

Parlant ainsi, tout en riant, la Perrine — puisque c'est le nom de la femme aux souliers, — avait traversé une sorte de hangar où étaient rangés quantité d'objets que l'obscurité empêchait de distinguer, et, poussant une seconde porte, elle était entrée dans une pièce, éclairée par une chandelle, sous le manteau de la cheminée de laquelle était assis un homme.

Disons tout de suite ce que c'était que cet homme, nous en profiterons pour dire en même temps ce que c'était que la Perrine...

Et ce Marcou dont elle se moquait parce qu'il avait peur des fantômes.

Cet homme était Jean Costacalde, le bourreau de la ville d'Auch.

La Perrine était sa maîtresse.

Marcou était son valet.

Jean Costacalde avait trente ans, en 1773; il était de haute taille, et d'apparence robuste.

Il avait de beaux traits, de très-beaux traits même... et qui eussent semblé plus beaux encore si l'expression n'en eût pas été presque invariablement sombre et triste.

Dans ses grands yeux noirs, jamais un éclair de joie ne brillait.

Sur ses lèvres on n'avait jamais vu un sourire.

La Perrine avait vingt-cinq ans; elle était grande; rouge de cheveux; — d'un rouge à effrayer un bœuf. — Très-blanche de peau avec cela, — naturellement, — plutôt jolie que laide, en somme, son air quelque peu déluré, — trop déluré! — accepté.

Marcou était petit, bossu, bancal, très-laid de visage comme de corps. Une manière de Quasimodo.

Elle se glissa à bas du lit. (Page 25.)

La Perrine parlait et riait assez fort, cependant Costacalde ne fit pas un mouvement lorsqu'elle entra; les bras croisés, l'œil attaché à l'âtre, il ne bougea point...

La Perrine alla à lui et lui frappant sur l'épaule :

— Eh bien! fit-elle, est-ce que tu dors, ou si tu lis ta bonne aventure dans les braises?...

Il se retourna lentement, et, la regardant :

— Ah! c'est toi! dit-il. Je croyais que tu ne devais pas venir ce soir?

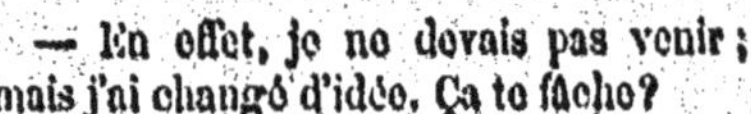

— En effet, je ne devais pas venir ; mais j'ai changé d'idée. Ça te fâche?

— Ni oui ni non.

— Trop aimable! Tu n'as pas encore soupé?

— Non.

— Tant mieux! J'apporte un morceau de mouton rôti et une bouteille de vin. Ça te fait-il plaisir?

— Ça m'est égal ; je n'ai pas faim.

— Bah! L'appétit te viendra en mangeant. Vite, Marcou, mets le couvert...

— Qu'est-ce qu'il y a à manger ici?

— Dame!... comme à l'ordinaire : la soupe aux raves et du *millas* [1].

— Bon! J'ai bien fait d'apporter mon rôti. Ah! on ne se ruine pas en mangeaille dans cette maison!

— Si tu ne t'y trouves pas bien, pourquoi y viens-tu?

C'était Costacalde qui avait proféré ces mots. La Perrine sourit amèrement.

— C'est qu'il me plaît d'y venir, probablement! répliqua-t-elle. Oh! je n'ignore pas que, s'il ne dépendait que de toi, il y a longtemps que j'aurais cessé mes visites. Mais je suis entêtée... entends-tu, Jean? J'ai dit : Jean... *Y a be de diferenzo entre Jhan e mousseu Jhan* [2]... Avant de partir pour tout à fait je veux savoir pourquoi on me dit : « Va-t-en! »

Jean Costacalde fronça le sourcil.

Le valet avait achevé de dresser le couvert. Une besogne facile. Deux assiettes, deux couteaux et deux fourchettes.

— Laisse-nous, Marcou! dit le maître.

Marcou se retira en lorgnant en dessous le morceau de mouton.

— On t'en gardera, gourmand, sois tranquille! ricana la Perrine, continuant d'affecter une gaieté qu'elle était loin d'éprouver.

Et s'asseyant à table :

— Allons, Jean, viens-tu? poursuivit-elle. On cause tout aussi bien en soupant.

— Soit! soupons! dit Costacalde.

Et il se plaça en face de sa maîtresse.

∴

Ils mangeaient et buvaient depuis quelques instants en silence. Au dehors, la pluie commençait à tomber ; le vent soufflait; sifflait.

— Un vilain temps! dit la Perrine.

— Un vilain temps! répéta Costacalde.

— Si tu mettais du bois au feu? Il gèle dans cette salle!

Costacalde se leva, alla chercher une énorme bûche dans un coin, la jeta dans la cheminée, et revint reprendre sa chaise.

Tout à coup :

— Alors, tu ne m'aimes plus? s'écria la Perrine.

Il ne répondit pas.

— Pourquoi ne m'aimes-tu plus? reprit-elle. Que t'ai-je fait? Depuis cinq ans bientôt que nous nous connaissons, t'ai-je donné sujet de m'adresser un reproche?

Il continua de se taire.

Elle reprit de rechef :

— Tu ne veux pas me dire pourquoi tu ne m'aimes plus? C'est bien aisé pourtant d'être sincère... et... comme je te le disais tout à l'heure.... après un aveu franc et loyal.... force me serait bien de me soumettre... de m'en aller pour ne plus revenir.

Il la regarda en face.

— Ecoute bien, dit-il.

— J'écoute bien. *Que ben escouto be respons* [1]!

— Il m'en coûte de t'affliger, car, au demeurant, tu est une brave créature.

— C'est encore heureux que tu le reconnaisses!

— Ah! si tu railles, je ne continue pas.

— Non! non! Je ne raille pas. Continue.

— Tu es donc une brave créature.... mais....

— Mais?..

1. Le *millas* était une espèce de galette de maïs qui formait, il y a une quarantaine d'années encore, la principale nourriture des paysans de l'Armagnac.

2. *Il y a bien de la différence entre Jean et monsieur Jean.* (Proverbe du pays).

1. *Qui écoute bien répond bien.*

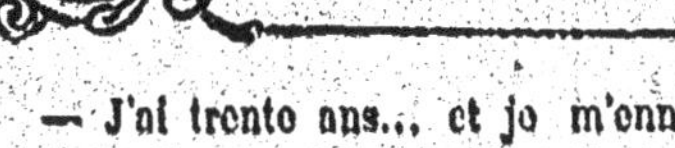

— J'ai trente ans... et je m'ennuie, seul, dans cette maison.

— Je t'ai offert d'y venir demeurer avec toi.

— Eh ! tu sais bien que cela est impossible !...

— Pourquoi cela est-il impossible ?... Parce que je ne suis pas digne de vivre à tes côtés !... Parce que toute *brave* que je suis, dans un sens, dans un autre je suis infâme !....

» Enfin !... Parce que je suis une fille de joie, et qu'une fille de joie, si l'on consent à en faire, pour un temps, sa maîtresse, on se refuse à en faire... pour toujours.... sa femme !...

» Ah ! ah ! Entre nous, Jean, tu n'as pas la prétention, non plus, j'imagine, d'épouser une princesse !...

» Je te vaux bien, mon cher ! La Perrine, la fille de joie, et Jean Costacalde, le bourreau d'Auch, ne sont pas déplacés ensemble, qu'en penses-tu ? »

Pour toute réponse à cette interrogation, le bourreau fit pivoter sa chaise sur un pied, et, tournant le dos à la table, en même temps qu'à la Perrine, il se remit à la place où il se trouvait lorsqu'elle était entrée : sous le manteau de la cheminée.

La Perrine se mordit les lèvres ; elle s'était engagée dans une mauvaise voie, elle le comprenait ; il s'agissait de rentrer au plus vite dans la bonne...

— Je t'ai fâché, fit-elle en allant s'agenouiller devant le jeune homme ; pardonne-moi !

— Prends garde, dit-il froidement, tu t'approches trop du feu, tu vas brûler ta robe !

— Eh ! que ma robe brûle et mon corps avec !... s'exclama-t-elle ; je me soucie bien de vivre s'il me faut renoncer à toi !...

» Jean !... voyons, Jean... j'ai eu tort... j'ai été une sotte ! C'est vrai, je ne puis pas être ta femme !...

» Mais pourquoi ne me garderais-tu pas pour ta maîtresse ?

» Parle ! je t'en supplie !... Dis-moi pourquoi tu ne veux plus de moi !... Parle !... Et, je te le jure, je ne t'interromprai pas !... »

Il hocha la tête.

— Tu m'avais déjà promis cela tout à l'heure, fit-il.

— Cette fois je tiendrai ma promesse, n'aie pas peur, mon Jean ! Je la tiendrai !... Quand tes paroles devraient me déchirer l'âme !...

Elle lui baisait les mains ; elle serrait convulsivement ses genoux contre sa poitrine.

— Eh bien ! dit-il, je suis obligé de rompre avec toi parce que...

— Parce que ?...

— J'ai résolu de me marier.

— Ah !...

Elle frissonna depuis la plante des pieds jusqu'à la racine des cheveux ; mais elle avait juré de se contenir, elle se contint.

— Ah ! reprit-elle, tu as résolu de... te marier !...

» Et avec qui ?

— Est-il bien utile de te l'apprendre tout de suite ?

— Pourquoi pas, puisque tu as commencé de tout me dire !

» Et, tu vois, je suis calme !... Très calme !...

— Eh bien !... C'est une fille de la basse ville que je veux épouser....

— Son nom ?

— Tu ne la connais pas.

— Qu'importe !... Pendant que tu y es.

— Marcelle Dubuc.

— Marcelle Dubuc ?... Mais si je la connais ! C'est-à-dire, je l'ai rencontrée quelquefois. Une petite blonde... toute jeune...

— Elle aura dix-sept ans au printemps prochain.

— Un bon âge pour entrer en ménage. Et... elle t'aime ? Et tu l'aimes ?

— Je l'ai vue naître ; j'ai pour elle une profonde affection ; de son côté, je crois que je ne lui déplais pas.....

— Elle serait bien difficile autrement !... Et... son père et sa mère consentent ?....

— Elle n'a plus de mère ; sa mère est morte, il y a deux ans ; son père, lui-même, est malade, bien malade !

— Je conçois! Plutôt que de rester seule au monde, Marcelle Dubuc préfère...

— Marcelle Dubuc sait ce que je suis, et tout en me plaignant d'être forcé d'exercer une triste profession, elle ne me méprise pas!...

— La preuve c'est qu'elle accepte de devenir ta femme!...

» Eh bien! mes compliments, Jean. — Tu vois, je continue d'être raisonnable? — Que cela ne me chagrine pas..... au fond..., d'apprendre que tu vas te marier... je te le dirais que tu ne me croirais pas! Mais... en y réfléchissant... Evidemment j'étais folle de penser....., d'espérer..... Il fallait, un jour ou l'autre, que cela finît entre nous....... Ce jour est arrivé...., je n'ai plus qu'à te souhaiter beaucoup de bonheur, Jean... beaucoup de chance!...

» A quand le mariage?

— Oh!... pas avant le mois de janvier.

— Bon!... J'aurais le temps encore jusque là de te rendre cinq ou six visites, si tu voulais?...

Jean Costacalde ouvrait la bouche.

— Mais tu ne veux pas!... poursuivit vivement la Perrine, c'est trop juste!... A la veille d'entrer en ménage, on brise avec les mauvaises habitudes.

» C'est, ce soir, la dernière fois que nous nous voyons!... La dernière fois!...

» Si je te gêne même..... il n'est pas trop tard... Tu ne tiens guère, n'est-ce pas, à..... Je pourrais m'en retourner chez moi!... Tu me reconduirais seulement jusqu'en haut du *Pousterno*.. la nuit est si sombre!... »

La Perrine s'était relevée en disant ces derniers mots; elle marchait vers le bahut sur lequel elle avait déposé sa mante.

Mais la malheureuse affectait un calme qui était loin de son cœur. Jean Costacalde, qui la suivait des yeux, la vit chanceler... Il s'élança. Il était temps; sans lui elle tombait à la renverse sur la terre battue de la salle....

Elle éclata en sanglots en se sentant pressée dans de chers bras.

— La Perrine! fit-il, ému malgré lui.

— Ce n'est pas ma faute, murmura-t-elle, je voulais partir, vrai!...

— Non! reste,... reste encore cette nuit!...

Elle le regarda, radieuse, à travers ses larmes.

— Ah!... tu consens!

— Eh! sans doute!... Je t'ai dit ce que je devais te dire. A présent, n'y songeons plus!

» Demain matin, à l'aube, tu partiras, comme d'habitude!... Nous nous dirons adieu... un bon..... un éternel adieu......

— Et toute cette nuit tu me permets de t'aimer encore?... Oh! merci!... merci!..

Elle avait collé ses lèvres à ses lèvres..

— On dit que la pitié n'est pas de l'amour; c'est possible; mais il arrive souvent, néanmoins, que par compassion pour le chagrin de ceux qui vous aiment, on se laisse entraîner à paraître encore les aimer.

Toujours est-il que cette nuit — la dernière que Jean Costacalde et la Perrine devaient passer ensemble — fut, l'un aidant l'autre, des plus ardentes. Il semblait que la Perrine voulût, en en augmentant les délices, faire regretter à son amant les voluptés auxquelles il allait renoncer; et ma foi! il était jeune, elle était jolie, bien jolie surtout dans ces érotiques transports... Jean Costacalde répondait de son mieux aux tendres fureurs de sa maîtresse.

Elle l'enivrait; il se laissait enivrer sans regrets.... sûr de briser la coupe, après y avoir bu le nectar jusqu'à la dernière goutte.

Enfin, il se lassa au jeu.

— Dormons! dit-il; il est tard.

Et il ferma les yeux et s'endormit en effet.

Elle demeura éveillée, elle; son regard, devenu, tout-à-coup, menaçant, fixé sur lui...

Quelles sinistres pensées avaient succédé, sans transition, dans la tête de cette femme, aux extâses de l'amour? c'est ce que la suite nous révèlera.

Ce qu'il y a de certain c'est qu'elle n'avait pas pardonné, qu'elle ne pouvait

pas pardonner à son amant de la quitter pour se marier !... qu'elle voulait se venger de cet abandon... et qu'elle s'en vengerait !...

Les premiers rayons du jour la surprirent dans sa contemplation et sa rêverie farouches.

— Attendrai-je son adieu ? se dit-elle. Non. Je serais assez bête peut-être pour pleurer encore. J'ai assez... j'ai trop pleuré.

Elle se glissa à bas du lit ; s'habilla en un clin d'œil, et sortit de la chambre à coucher.

Marcou, le valet, n'était pas encore levé, mais la Perrine connaissait les êtres de la maison ; elle franchit d'un pied léger le seuil de la salle où elle avait soupé la veille avec Costacalde, et se trouva dans le hangar attenant à une petite cour dont la porte, fermée intérieurement par une barre de fer, donnait sur la rue.

Ce hangar avait une physionomie particulière qu'on nous permettra d'esquisser.

C'était là que Jean Costacalde remisait les instruments nécessaires à sa profession. Marteaux, maillets, coins, scies, anneaux de fer, cordes, chevalets, tréteaux, tout ce qui servait aux exécutions et aux tortures était là, accroché symétriquement aux murailles.

La Perrine promena un œil sombre sur ces engins de mort et de souffrance, la plupart noircis par le sang, tachés de graisse humaine.

— Eh ! eh !... ricana-t-elle, de gentils bijoux à mettre dans une corbeille de noces !...

» Va-t-elle être heureuse, cette Marcelle Dubuc, dans cet agréable logis !...

» Oh !... une fille honnête... une fille, qui pouvait être une femme honorée, épouser un...

» C'était bon pour une maudite de mon espèce, cela !...

» Maudite, oui, je le suis !... j'avais encore un peu de cœur quand *il* m'aimait... A présent je n'en ai plus du tout !... Sur un signe de *lui* j'eusse tout fait... même le bien !... à présent, je n'ai plus qu'un désir ; faire le mal.

» Mais quel mal leur faire à *tous deux ?...* »

Elle avait écarté la barre de fer et ouvert la porte ; elle était dans la rue.

— Allons chez la Garriga, conclut-elle ; elle me conseillera.

*
* *

La Garriga était une Espagnole, réfugiée à Auch depuis une dizaine d'années.

Il courait de singuliers bruits sur cette femme.

Native de Grenade, issue d'une bonne famille, on disait qu'ayant eu le malheur, toute jeune fille, d'inspirer une violente passion à un moine de Santi-Ponce, dont elle avait pudiquement repoussé les vœux impurs, elle avait été enlevée, par ce moine, de la maison de son père, — enlevée pendant la nuit, endormie, grâce à un narcotique qu'une servante infidèle lui avait fait boire, — et portée aux environs de Séville, près d'Alcala, dans un village de *gitanos* où elle était demeurée quinze ans, au fond d'une misérable masure, sans autre distraction que la visite nocturne de son amant et la société quotidienne des gens de la tribu.....

Une tribu qui ne valait pas cher que celle des *gitanos* d'Alcala, si ce portrait qu'en trace un auteur espagnol est vrai :

« Voleuse par instinct ni plus ni moins que la pie, peureuse comme le cerf, rusée comme le renard, paresseuse et sale comme un autre animal qu'il est plus convenable de ne pas nommer, mais plaisante, spirituellement bavarde, tenace dans ses idées, heureuse dans sa misère, opposée à toute réforme, consolée et même vaine de son avilissement. »

Enfin, le moine étant mort, la Garriga eut toute liberté de quitter la tribu et de retourner, s'il lui convenait, dans sa famille.....

Mais il est probable que si, d'une part, elle comprenait que sa famille, qui ne s'était pas inquiétée de la retrouver pendant quinze ans, ne serait que très-médiocre-

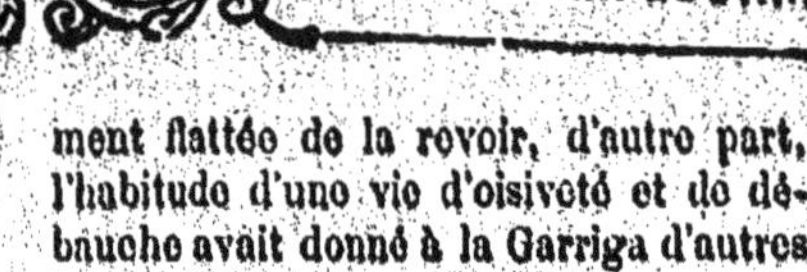

ment flattée de la revoir, d'autre part, l'habitude d'une vie d'oisiveté et de débauche avait donné à la Garriga d'autres goûts et d'autres sentiments que ceux qui étaient siens dans sa jeunesse,....

Elle ne retourna donc pas à Grenade.

Elle abandonna pourtant les *gitanos* d'Alcala ; mais ce fut pour passer en France, dans l'Armagnac.

Elle possédait un peu d'or qu'elle tenait des libéralités de son amant ; elle loua une maisonnette à Auch, dans le plus beau quartier de la ville ; — sur le plateau, en haut du *Pousterno*, derrière l'archevêché, ou *palais primatial* ; — et là, mettant à profit la science par elle acquise au milieu des bohémiens, elle se constitua, de son autorité privée, *cartomancienne*, ou tireuse de cartes...

Une profession politique à laquelle ses relations avec nombre de femmes et de filles.... de mœurs légères, — ses principales clientes, — lui permirent d'en adjoindre une autre, privée, mais non moins lucrative : celle de pourvoyeuse d'amours.

La Garriga savait tout ce qui se passait à Auch, et ce n'était pas bien difficile au métier qu'elle faisait : un métier où, sous prétexte de révéler aux gens l'avenir, on les fait bavarder, à son aise, sur le présent et le passé.

Elle connaissait tout le monde.

Et ce n'était pas extraordinaire non plus ; Auch, à cette époque, ne comptant guère plus de six mille habitants, y compris la population des faubourgs.

Elle se promenait dans son jardin, — elle se levait de bonne heure, — quand la Perrine se présenta chez elle.

C'était, alors, une petite femme frisant la cinquantaine que la Garriga, mais vive encore, alerte ; au geste prompt, à l'œil perçant.

— Tiens ! tiens ! s'écria-t-elle, c'est toi, la Perrine !... Eh ! d'où viens-tu de si grand matin, ma fille ?...

« Il n'est pas possible, tu t'es disputée avec ton amant pour être sortie si tôt de son lit !....

— Je n'ai plus d'amant ! répondit sèchement la Perrine.

— J'avais deviné, tu vois. Une brouille ?

— Pas une brouille..... une rupture !....

— Bah ! Jean Costacalde...

— Jean Costacalde se marie.

— Oh ! oh ! C'est d'un cœur généreux, cela !.... Il ne veut pas que le roi chôme de bourreaux, ce garçon ! Il va lui en semer de la graine [1].

La Perrine fronça ses rouges sourcils.

— Je ne sais pas si sa femme donnera des enfants à Jean Costacalde, dit-elle, mais ce que je sais bien...

— C'est que s'il ne dépendait que de toi, elle lui donnerait plutôt, la nuit même des noces, une bonne fièvre pernicieuse, céphalalgique et pleurétique [2], qui l'enlèverait en huit jours.

— Non ! ce n'est pas Jean que je voudrais qui mourût !...

— Bon ! c'est-à-dire que c'est sa femme....

« Dame ! ma chère fille, ceci te regarde.... et tu as le droit d'adresser à ce sujet tes meilleures prières au diable.... mais quant à moi.... que veux-tu que j'y fasse ?... Tu ne serais pas une fille d'esprit comme tu es, je te dirais : « Je vais jeter un sort sur ta rivale !.... »

« Mais tu ne crois pas à ces balivernes, n'est-ce pas ?

— Je crois, du moins, que, si vous le voulez... vous pouvez me dire si Jean Costacalde sera heureux ou malheureux dans son ménage ?

— En lisant dans les cartes ; oui, cela est de mon ressort. Mais pour ce qui est d'aider... trop brutalement les haines... merci ! je ne m'en mêle pas !... C'est trop dangereux. — Viens !...

⁂

La Garriga avait conduit la Perrine dans une pièce de sa maison spécialement réservée à l'exercice de ses consultations

1. On sait qu'autrefois la charge d'exécuteur des hautes-œuvres était héréditaire.

2. Ayant son siége à la fois à la tête et au côté.

de devineresse ; une pièce sévèrement meublée, toute tendue de noir, et qui ne prenait jour que par une lucarne aux vitraux de couleur, ouverte dans le plafond.

La Perrine connaissait bien cette pièce ; elle y était venue dix fois, depuis cinq ans, demander à la Garriga si Jean Costacalde l'aimerait toujours, et, dix fois, la Garriga — qui ne se compromettait jamais — lui avait répondu, d'après les cartes : « Espère ! »

— Est-ce le grand ou le petit jeu que tu dé- res ? fit la cartomancienne en posant sur une table, garnie d'un tapis vert, ses tarots, semblables en tous points à ceux dont se servait le roi Charles VI, — et dont se servent encore aujourd'hui les paysans de la Sibérie pour jouer le *trappola*, — avec leurs figures peintes et dorées, — imitation de la célèbre *Danse macabre*, — représentant *le pape*, *l'empereur*, *l'ermite*, *le fou*, *le pendu*, *l'écuyer*, *le triomphateur*, *les amoureux*, *la lune et les astrologues*, *le soleil et la parque*, *la justice*, *la fortune*, *la tempérance*, *la force*, *le jugement des âmes* et *la maison de Dieu*.

— Est-ce le grand ou le petit jeu que tu désires ? répète la Garriga, à la Perrine, qui, plongée dans ses réflexions, ne répondait pas.

La Perrine fouilla à sa poche, en tira un louis d'or qu'elle jeta sur le tapis, et, regardant, dans les yeux, l'Espagnole :

— Le jeu qu'il vous plaira, répliqua-t-elle, je m'en moque, pourvu qu'il me dise ce que je veux savoir...

— Oui... si Jean Costacalde...

— Si Jean Costacalde sera..., non pas heureux, mais malheureux avec sa femme, et, dans le doute à ce sujet, s'il n'y aurait pas un moyen de faire pencher la balance.

— Du mauvais côté ?...

— Du mauvais côté... pour lui. Le bon pour moi.

— Hum ! hum !... Un moyen ! un moyen !...

— Il *doit* y en avoir... Il *faut* qu'il y en ait un !... Cherchez ! cherchez bien, la Garriga. Je vous ai donné déjà un louis... ce qui est le double de ce qu'on paie d'ordinaire le grand jeu !... si vous le trouvez, ce moyen... vous aurez demain un second louis... et quand il aura produit son effet, — *le moyen*, — fallût-il pour cela vendre jusqu'à mon dernier caraco, je vous donnerai dix louis encore d'un seul coup !...

A son tour la Garriga devint songeuse. La cupidité lui montait au cerveau.

— En tout cas, fit-elle, mêlant, pour la forme, par intervalles, à ses réflexions et questions, le nom des cartes qu'elle étalait méthodiquement sur la table, en tout cas, — *l'ermite*, — si nous trouvions ce moyen, évidemment — *neuf de pique*, — ce n'est pas tout de suite qu'on pourrait l'employer.

— J'attendrai ! Oh ! j'attendrai !... L'assurance qu'on se vengera donne de la patience.

— *Le soleil*...—Qui est-ce qu'il épouse ?

— Marcelle Dubuc.

— Je ne connais pas.

— Oh ! Ça n'est jamais venu chez vous ! Une petite fille qui vit avec son père...

— Quel âge ?... — *Le pendu*...

— Dix-sept ans bientôt.

— Jolie ?

— Peuh !...

— Là ! là ! Pas de dédains affectés !... Tu conçois que j'ai besoin de m'instruire sérieusement ?... — *As de trèfle*. — Jolie ou laide ?

— Jolie. Très-jolie, même !

— A la bonne heure ! Mais où Costacalde a-t-il déniché ce trésor ?...

— Il est lié avec le père depuis des années.

— Pas de mère ?...

— Non. Morte, la mère. Et le père en train de la rejoindre.

— Pauvre ?... — *La parque*...

— Comme Job !... sans cela, supposez-vous qu'on la donnerait à un... Il l'a vue enfant... elle s'est accoutumée à lui... à son état.

— A son état... il a fallu en effet qu'elle s'y accoutumât... mais à lui, elle n'a pas dû avoir grand'peine ! C'est un beau gars que Costacalde !... Il y a plus de dix dames de la haute ville qui m'ont demandé...

— Qui donc, celles-là?...

— Qu'est-ce que ça te fait puisqu'il se marie !,. — *Les amoureux*..., — N'as-tu pas assez d'être jalouse de Marcelle Dubuc? — *Dix de cœur.*

» Mais comment ne t'es-tu pas aperçue qu'il traînait ses *garramachos*[1] du côté des jupons de cette petite?

— Eh! pouvais-je me figurer qu'il pensait à une enfant !...

— Une enfant de dix-sept ans!... Tu n'es pas assez défiante, ma chère! — *Le jugement des âmes.* — A quand le mariage?

— Au mois de janvier.

— Le mois de la fête des semailles. Bien choisi !... — Elle demeure auprès de lui, probablement, dans la basse ville?

— Oui; rue des Moines.

— Oh! rue des Moines!.... s'il y a des moines dans son affaire, nous en viendrons à bout.

— Satan vous entende!

— Et m'assiste, n'est-ce pas?

» Eh bien! il m'a assistée, ma belle Perrine!

— Hein! Vous dites?...

— Je dis que, si les cartes ne mentent pas, elles m'ont fourni le moyen que tu souhaites de te venger de Costacalde.

» Suis-moi bien.... je compte jusqu'à trente en partant de droite à gauche, — le côté du cœur — et en m'arrêtant de cinq en cinq....

» Un, deux, trois, quatre, cinq... *Les amoureux*; — c'est Costacalde et Marcelle.... —

» Six, sept, huit, neuf, dix.... *Le soleil*.... — *Le soleil*, c'est le mariage. Ils se marient; oh! nous ne pouvons pas empêcher cela !....

» Onze, douze, treize, quatorze, quinze. *Le pendu*... Eh! eh!... Un pendu qui se dresse sur leur route au moment de leur hymen!... Du reste, ce n'est pas surprenant vu la profession de l'épousé !....

» Seize, dix-sept, dix-huit, dix-neuf, vingt.... *Le triomphateur*.... — Qu'est-ce que je te disais? Le triomphateur qui entre en scène !....

» Vingt-et-un, vingt-deux, vingt-trois, vingt-quatre, vingt-cinq.... *La force et la fortune* à côté l'une de l'autre... — Oh! il a tout pour réussir, le *triomphateur* !....

» Vingt-six, vingt-sept, vingt-huit, vingt-neuf, et trente: *La parque*!..., — Aïe! Un des trois, peut-être deux des trois à qui la farce coûtera la vie!.... Mais, n'est-il pas vrai, que nous importe qui s'en aille *ad patres*, pourvu que ce ne soit ni toi ni moi !....

» As-tu compris? »

La Perrine secoua la tête.

— Non, dit-elle. Et vous?

La cartomancienne sourit entre ses dents. Cet « *et vous*? » était plus fin qu'il n'en avait l'air dans son expression naïve.

Mais il eût été maladroit de sa part de paraître ridiculiser sa science; c'était assez déjà, comme sorcière, d'avoir raillé les *sorts*.

— Oui, répliqua-t-elle, j'ai compris.... et c'est parce que j'ai compris que je te dis: Dans six mois tu marcheras sur le cœur de Costacalde.

— Six mois, c'est bien long !....

— Tu disais tout à l'heure que tu saurais être patiente. Il y a de ces choses qui ne s'improvisent pas!

— Quelles choses?...

— Nous en causerons au commencement d'avril.

— Mais.....

— C'est à prendre ou à laisser, ma chère. Je te promets, tu entends? *je te promets* que dans six mois tu riras parce que Costacalde pleurera.

» Maintenant, si tu n'as pas confiance en moi, si tu crois qu'une autre sera plus habile et plus prompte à te servir, va la chercher !.....

— Non! j'ai confiance en vous, la Garriga. Demain je vous enverrai le second louis.....

— Et du 15 au 30 d'avril les dix autres. C'est bien. Au revoir, la Perrine. D'ici là, si tu changeais d'avis, si tu ne tenais plus à t'épanouir à l'aspect des larmes d'un in-

1. En patois du pays: *ses guêtres.*

Si j'étais folle, je souffrirais moins ! (Page 31.)

grat, préviens-moi, pour que je ne perde pas mon temps en conjurations inutiles.

-- Ce qui est dit est dit. Quand je vivrais cent ans, je ne pardonnerais pas à Costacalde!

— Bon !... Laisse donc briller *le soleil*, en attendant que brille *le triomphateur !*

∴

Par un hasard singulier, les prédictions de l'Espagnole, à propos de certain événement qui devait précéder le mariage de

Costacalde et de Marcelle Dubuc, se réalisèrent....

Trois jours avant que ce mariage ne s'accomplît, Costacalde eut à pendre, sur la grand'place de la ville, un homme condamné, pour vol, par monsieur le lieutenant-criminel de la juridiction d'Auch.

En soi, le fait n'avait rien de bien marquant. C'était l'usage, à cette époque, de pendre les voleurs. En sa qualité de bourreau d'Auch, Costacalde fut chargé d'exécuter la sentence rendue contre Joseph Tripied, — ainsi se nommait le larron; — rien là-dedans que de très-simple !....

Parce qu'un bourreau doit prendre femme demain, ce n'est pas un motif pour qu'il n'accroche pas aujourd'hui, à la potence, le criminel que la justice lui commande d'y accrocher.

Mais l'exécution de Joseph Tripied fut accompagnée de circonstances aussi dramatiques que touchantes.

Joseph Tripied avait une fille, nommée Lucienne, qui, à la suite de la juste mais sévère condamnation de son père, vint s'asseoir à la porte de son cachot, d'où, en dépit de toutes les instances et remontrances, elle ne voulut bouger, jusqu'au moment où le malheureux auteur de ses jours marcha au supplice.

La brave fille demeura ainsi, trente-six heures, devant cette porte, ne faisant que gémir et pleurer, et refusant toute nourriture... — fût-ce sous l'espèce d'un verre d'eau.

Quand le prêtre vint pour confesser et exhorter le patient, comme, à son tour, il disait à Lucienne — tout doucement, car c'était un bon prêtre :

— Vous n'êtes pas raisonnable, mon enfant !

— Hélas ! monsieur l'abbé, répliqua-t-elle, je n'ai que trop de raison encore, puisque je pense que je vais perdre mon père ! Si j'étais folle je souffrirais moins !...

A l'heure de l'exécution, et après lui avoir permis d'embrasser une dernière fois le condamné, on fut obligé — à quatre hommes, car elle était plus forte qu'une lionne, bien que n'ayant rien mis dans son pauvre corps depuis si longtemps; — on fut obligé d'emporter Lucienne, et de l'enfermer dans un cachot de la prison.

Elle voulait absolument qu'on la pendît avec son père.

Bref, cet événement, avec tous ses navrants détails, jeta comme un voile de tristesse sur la ville.

On oublia le coupable pour ne plus voir que le père, tant aimé, et chacun le plaignit par pitié pour la fille.

Costacalde lui-même revint tout bouleversé de l'exécution. Il avait caché à Marcelle quel pénible devoir il avait à remplir, ce jour-là; mais une voisine, sotte ou méchante, — l'une et l'autre peut-être, — prit soin de tout dire à la jeune fille.

Quand elle revit son futur elle ne put retenir un mouvement d'effroi...

Il remarqua ce mouvement et, d'une voix sourde :

— Ce n'est pas ma faute, Marcelle, dit-il. J'aurais donné... deux années de ma vie, pour qu'à la veille de devenir votre époux, je ne fusse pas contraint de faire acte de mon affreuse besogne !....

— Et Lucienne ? demanda Marcelle.

— Elle est au couvent des Ursulines, où les bonnes sœurs s'occupent de la consoler.

— Joseph Tripied a-t-il beaucoup souffert ?

— Non ! Pas trop.

— Pauvre homme !...

— Allons, petiote, dit le père Dubuc, en voilà assez sur ce sujet qui vous chagrine tous deux, Jean et toi !... Joseph Tripied a commis une vilaine faute; il l'a expiée; c'est fâcheux pour sa fille qui reste seule en ce monde !... Mais nous n'y pouvons rien !... Laissons donc cela et montre à Jean ta robe de noces que la couturière t'a apportée tout à l'heure...

Marcelle obéit; on admira en commun la robe de noces; une belle robe blanche de laine...

Puis on soupa; et, après le souper, la future s'assit sur les genoux du futur pour

causer avec lui du beau jour qui était proche.

Les mœurs sont pures dans l'Armagnac; ces privautés, qu'on trouverait choquantes ailleurs, y semblent toutes naturelles. Un jeune laboureur pince le bras d'une jeune fille, voilà la déclaration; quelque temps après la jeune fille s'assied familièrement sur les genoux du jeune homme, qui l'y retient, voilà l'aveu. Pour aller plus loin il faut attendre le consentement des parents, surtout du père du garçon.

La dot consiste ordinairement en un lit, une ou deux paires de draps, une armoire commune, un habillement complet, une paire de souliers, une paire de sabots, et une centaine de francs.

Marcelle n'avait pas de dot. Empêché, depuis six mois, de travailler par une maladie qui le clouait dans son fauteuil, son père avait dépensé tout ce qu'il possédait pour vivre.....

Sans le secours de Jean Costacalde, il est probable même que les douleurs de la misère eussent rendu plus pénibles encore les derniers jours du vieux Dubuc.

C'était Jean Costalcade qui avait payé la robe de noces, c'était lui aussi qui solderait tous les frais nécessités par le mariage.

Pas de grands frais, sans doute; une vingtaine de francs à l'église et, pour le repas avec les témoins, le double environ...

On conçoit qu'un bourreau qui se marie ne donne pas une fête de financier.

D'abord il ne trouverait, espérons-le, guère de gens qui voulussent y assister, à cette fête.

Mais ce dont Marcelle était le plus reconnaissante envers Jean, c'est qu'en l'épousant, il ne la séparait pas de son père; c'était convenu : ce dernier demeurerait avec ses enfants, chez eux.

Une charge qui ne devait pas peser longtemps sur qui l'avait acceptée : si le vieux Dubuc atteignait le mois de juin ce serait tout le bout du monde.

Bref, le 12 janvier 1774, à midi, la cérémonie du mariage eut lieu à la petite église de Saint-Cyrille, dans la basse ville.

Les témoins étaient, pour Marcelle, le sonneur de cloches de ladite église; pour Jean Costacalde, un vieux potier de terre, son voisin.

Bien qu'on n'eût invité personne, l'assistance était nombreuse; on était curieux, à Auch, de voir se marier le bourreau.

Il était grave; il écouta, recueilli, le discours de monsieur le curé concernant les devoirs de l'époux envers l'épouse.

Il prononça le *oui* sacramentel d'une voix ferme.

Marcelle tenait ses yeux baissés vers la terre, comme si elle eût eu honte de se sentir le point de mire de tant de regards.

Cependant, après avoir, à son tour, dit *oui*, ce *oui* qui l'engageait éternellement, il sembla qu'elle reprit force et courage...

Elle était très-pâle; les roses refleurirent sur ses joues.

— Merci! lui dit tout bas Jean.

— Merci! répéta-t-elle, étonnée, et de quoi, mon ami?

— De n'avoir pas l'air de me donner votre main contre votre gré.

— Ah! j'avais donc cet air-là?...

— Dame!... Un peu!...

Elle releva la tête, et, au sortir de l'église, appuyée au bras de son mari, elle salua autour d'elle, d'un gai sourire, quelques visages de connaissance.

Jean Costacalde était heureux, fier; oui, fier! Quoique bourreau n'avait-il pas à lui, maintenant, bien à lui — comme un bourgeois, comme un seigneur, — une jolie femme!...

Tout à coup il tressaillit...

Une femme, vêtue de noir, et la figure enfouie sous un voile de même couleur, s'inclinant sur son passage, venait de lui dire à voix basse :

— Bonne chance, Jean Costacalde! Bonne chance!..

Cette femme, c'était la Perrine. Jean Costacalde reconnut bien sa voix.

Il ne l'avait pas revue depuis deux mois ; depuis deux mois il n'avait pas une seule fois entendu parler d'elle. Il supposait donc qu'elle ne pensait plus à lui.

Il se trompait ! Elle ne l'avait pas oublié !

Mais la Perrine s'était perdue dans la foule....

Après tout, c'était peut-être dans un bon sentiment qu'elle était venue souhaiter bonne chance à son ancien amant. Pourquoi lui en eût-il voulu ?

On arriva au logis ; le logis de Jean Costacalde, rue de l'Arbalète, où, pendant qu'on célébrait le mariage, on avait transporté le père Dubuc.

Par ordre de son maître, Marcou avait soigneusement étendu une grande toile, dans le hangar, sur les instruments et les outils qui en garnissaient les murailles...

Marcelle put traverser ce hangar sans frémir.

Il avait mis ses plus beaux habits, ce jour-là, Marcou, et, assisté de la femme du potier de terre, — le témoin — il avait préparé un vrai festin de Balthazar...

Une belle pièce de bœuf cuite au four, une volaille à la broche, un poisson au bleu... des gâteaux...

Le tout arrosé de bon vin.

On se mit à table à trois heures.

On y était encore à neuf.

On but, on rit, on chanta comme à la noce du premier venu.

Ce fut le sonneur de cloches qui chanta. Il était gris. — Un sonneur, cela n'a rien d'étonnant ! Ça boit tant !..—Il entonna à pleins poumons cette chanson qui faisait fureur alors dans la province :

Beauté plus droite qu'une perche,
Charmant objet de mes amours,
Arrêtez, c'est vous que je cherche...
Quoi donc, me fuirez-vous toujours !...
De vous Lubin est fou, Colette,
Tré tré tré trémoussez-vous donc !
Trémoussez-vous donc, ma brunette,
Tré tré tré trémoussez-vous donc !
Trémoussez-vous donc, ma dondon !

Chaque fois que je vous rencontre
Je sens mon cœur tout hors de lui,
Qui fait tic-tac comme la montre
La montre à monsieur le Bailli.
Sentez-vous ça itou, Colette ?
Tré tré tré trémoussez-vous donc !
Trémoussez-vous donc, ma brunette,
Tré tré tré trémoussez-vous donc !
Trémoussez-vous donc, ma dondon !

Je vous ai baillé pour étrennes
—C'n'est pas que j'm'en morde les doigts!—
De biscuits près de trois douzaines,
Plus une chandelle des Rois,.
Tout ça vous a-t-il plu, Colette ?...
Tré tré tré trémoussez-vous donc !
Trémoussez-vous donc, ma brunette,
Tré tré tré trémoussez-vous donc !
Trémoussez-vous donc, ma dondon !

Pour moi quels dons seront les vôtres ?
Je vous demande un seul baiser...
Accompagné de plusieurs autres,
Pourriez-vous me le refuser !...
Ah ! ça n'serait pas beau, Colette !
Tré tré tré trémoussez-vous donc !
Trémoussez-vous donc, ma brunette,
Tré tré tré trémoussez-vous donc !
Trémoussez-vous donc, ma dondon !

⁂

Certes, qui eût pénétré, à ce moment, — sans savoir chez qui il entrait, — dans cette maison de la rue de l'Arbalète où l'on chantait de tels refrains, ne se fût guère douté qu'il était chez le bourreau.

Marcelle et son mari prenaient part à la gaieté générale, et le vieux Dubuc, lui-même, oubliant la paralysie qui lui pétrifiait la moitié du corps, trinquait, de sa main restée vivante, trinquait, riait et chantonnait.

A neuf heures, pourtant, sur un signe furtif de Costacalde, le potier et sa femme donnèrent en se levant le signal de la retraite.

On vida une dernière bouteille, rubis sur l'ongle, puis on se sépara.

Costacalde, aidé de Marcou, roula le père Dubuc dans la chambre qu'il avait disposée pour lui au rez-de-chaussée, et l'étendit — à moitié endormi déjà — sur son lit.....

Puis, tenant Marcelle enlacée par la taille, avec elle il gagna la chambre nuptiale, au premier.

Une autre chambre que celle où il recevait autrefois la Perrine, et meublée tout à neuf.

Pour être bourreau, on n'en a pas moins de cœur quand on aime. Jean Costacalde aimait sa femme ; il lui eût semblé odieux de goûter le bonheur avec elle, dans la même pièce et dans le même lit où il avait si souvent goûté le plaisir dans le bras de sa maîtresse.

Il faisait froid ; un feu vif pétillait dans la cheminée devant laquelle les deux époux s'assirent — sur une seule chaise.

— Es-tu heureuse ? lui dit-il.

— Très-heureuse ! répondit-elle.

— M'aimes-tu ?

— Et toi ?...

Une habitude chez les femmes et les filles, en pareille circonstance, à pareille question de faire pareille réponse.

Ils demeurèrent silencieux un moment, mais non muets. Pour ne rien dire, leurs lèvres n'en furent peut-être que plus éloquentes.

Mais au milieu d'un baiser, soudain, involontairement, Marcelle exhala un soupir. Un soupir de chagrin.

— Qu'est-ce ? reprit Jean, qui ne s'y trompa point. Qu'est-ce que tu as ?

— Rien !

— Si. A quoi penses-tu ? Je veux que tu me le dises !

— Vous *voulez*, monsieur !...

— Je t'en prie.

— C'est une idée qui m'a passé par l'esprit... je te la dirai une autre fois.

— Pourquoi pas à présent ?

— Parce que j'ai peur de t'affliger.

— Ah !... C'est donc une idée... triste ?..

— Triste... quant à son sujet, oui, mais non quant à son but.

— Eh bien ! parle... parle ! Qu'est-ce que c'est ?...

— Eh bien ! je pensais... — Tu ne me gronderas pas ?

— Non ! mille fois non ! Parle.

— Est-ce que... avec l'appui... la protection... d'une personne haut placée, qui s'intéresserait à toi... il ne te serait pas possible...

— Il ne me serait pas possible ?...

— Tu ne devines pas ?

— Si. Tu désirerais que, protégé par quelque personne puissante, j'obtinsse d'abandonner mon état ?

— C'est cela.

— Pauvre chère amie !... Crois-tu donc que si cela eût été possible je ne m'en fusse pas occupé depuis longtemps, quand ce n'eût été que pour avoir à t'offrir une existence plus digne de toi !...

« Mais d'abord, ma Marcelle chérie, réfléchis donc ; où veux-tu que je trouve une personne puissante qui s'intéresse à moi ?... Qui me protége ?...

« Est-ce qu'on s'intéresse à un homme de ma sorte ?... Est-ce qu'on protége un...

« Ensuite, en admettant même que, par l'effet d'un miracle, un prince... un roi — un roi, tu entends ? — daignât jeter sur mon obscur individu un regard favorable, mais il ne pourrait pas me retirer de mon hideux métier. C'est une loi fatale. Mon père était bourreau, je suis bourreau !...

« Une loi fatale... et nécessaire, malheureusement ! Si elle n'existait pas, cette loi, est-ce qu'on pourrait trouver des hommes qui consentissent, par état, à tuer ou torturer leurs semblables !...[1] »

Marcelle secoua tristement la tête.

— Alors, murmura-t-elle, si nous avons... un fils...

— Oh ! interrompit Jean en pressant sa femme sur son sein, ne parle pas de cela, je t'en supplie, Marcelle !... N'en parle pas, si tu ne veux glacer les baisers sur nos lèvres !...

« Cette crainte que tu émets à cette

1. Jean Costacalde s'abusait. Depuis la grande Révolution, le métier de bourreau n'est plus forcément héréditaire. Est bourreau qui veut... et qui peut l'être. Et... — hélas !.. — pour un *emploi* de bourreau vacant, aujourd'hui, et il y a *mille* demandes.

heure, ma bien-aimée, elle m'est venue déjà !...

« Mais Dieu aura pitié de nous, vois-tu !... — Je l'ai tant invoqué ce matin, à l'église !... — Dieu ne nous donnera pas de fils !... il ne nous donnera que des filles. »

Marcelle considéra son mari avec un sourire mouillé de larmes.

— Ah ! fit-elle, tu as prié Dieu de...

« Eh bien ! Je veux bien lui adresser la même prière. — Répète-la avec moi, Jean.

« Mon Dieu, vous qui aimez les petits comme les grands, quand ils méritent que vous les aimiez ; ceux qui vivent dans des chaumières comme ceux qui vivent dans des palais ; mon Dieu, prenez en compassion un pauvre mari et une pauvre femme qui vous implorent ; si vous leur donnez des enfants, mon Dieu, *que ces enfants ne portent pas des culottes, mais des cottes !* »

Suivant le désir de sa femme, Jean avait répété, mot à mot, cette prière, naïve, peut-être, dans sa forme, mais à coup sûr, sincère et touchante dans sa pensée.

Quand il eut achevé son invocation, le couple, l'esprit plus léger, se prépara à se mettre au lit....

Marcelle retira sa belle robe blanche qu'elle plia soigneusement pour la ranger dans une armoire.

Soudain, la jeune fille jeta un grand cri.

Au corsage de cette robe, à la place du cœur, il y avait une large tache. — Une tache de sang.

D'où provenait ce sang ? S'était-elle blessée quelque part ? Non. En la tenant sur ses genoux, Jean s'était-il piqué un doigt à une épingle ? Pas davantage !

Malgré les investigations les plus minutieuses, les époux ne parvinrent pas à découvrir la source de ce sang.

Ils se regardaient, interdits, vaguement épouvantés...

— C'est en bas que tu auras attrapé cela, dit Jean. Un de nos amis qui se sera fait une coupure à la main sans s'en apercevoir !

— Mais la tache est toute fraîche !

— Que veux-tu que je te dise ? Puisque ce n'est ni toi ni moi il faut bien que ce soit un autre.

Marcelle ne répliqua pas, mais — elle était superstitieuse, — elle pensa que cette maculature sanglante était d'un fâcheux augure.

Les tendres caresses de Jean lui eurent bientôt fait oublier ce sinistre accident...

Le lendemain matin, pourtant, seule, considérant de nouveau la tache mystérieuse :

— A la place du cœur ! murmura-t-elle. A la place du cœur !...

***

Nous vous avons dit qu'à son métier avoué de cartomancienne, la Garriga en joignait un second, occulte, — que nous nous abstiendrons de dénommer, — qui lui rapportait beaucoup plus d'argent que le premier.

Or, savez-vous quel était le meilleur client, dans son second métier, de la Garriga ?

M. Fabien Carrère, lieutenant-criminel de la ville d'Auch.

On était encore sous le règne de Louis XV, au commencement de l'année 1774 ; un règne pendant lequel les magistrats eux-mêmes, gagnés par l'exemple, ne se piquaient point d'austérité de mœurs.

Veuf, riche, jeune encore, — il n'avait pas cinquante ans, — assez bien fait de sa personne, M. Fabien Carrère était de l'école de Voyer d'Argenson, l'ancien lieutenant de police de la capitale : rigide dans ses devoirs publics, d'un extérieur presque farouche lorsqu'il siégeait, assisté d'un avocat du roi, à son tribunal, il se montrait, dans la vie privée, l'homme le plus liant et le plus facile.

Il aimait la table... Il avait le plus habile cuisinier de la province ; la cave la mieux montée.

Chaque semaine, il donnait un grand dîner — de garçons, — où tous les gentilshommes de la ville briguaient le plaisir d'être invités.

On y mangeait des mets si exquis, à ces dîners! On y buvait de si délicieux vins!

Sans compter qu'au dessert l'amphitryon régalait toujours ses convives de quelque nouveauté, en prose ou en vers, anecdote scandaleuse ou pamphlet piquant, qu'un de ses amis, fort bien en cour, lui avait expédiée de Paris.

C'est le lieutenant criminel d'Auch qui, le premier, révéla à la Gascogne cette fameuse *Epître à Margot*, de Dorat, dans laquelle la Du Barri se reconnut trait pour trait...

Ce qui ne l'empêcha pas de rire avec les rieurs, tant elle était bonne fille.

EPITRE A MARGOT.

Pourquoi craindrais-je de le dire ?
C'est Margot qui fixe mon goût ;
Oui, Margot ; cela vous fait rire.
Que fait le nom ? La chose est tout.
Je sais que son humble naissance
N'offre point à l'orgueil flatté
La chimérique jouissance
Dont s'enivre la vanité ;
Que née au sein de l'indigence,
Jamais un éclat fastueux
Sous le voile de l'opulence
N'a pu dérober ses aïeux ;
Que, sans esprit, sans connaissance,
A ses discours fastidieux
Succède un stupide silence ;
Mais Margot a de si beaux yeux
Qu'un seul de ses regards vaut mieux
Que fortune, esprit et naissance.
Quoi! dans ce monde singulier
Irai-je consulter d'Hozier ?
Non ; l'aimable enfant de Cythère
Craint peu de se mésallier ;
Souvent, pour l'amoureux mystère,
Ce dieu, dans ses goûts roturiers,
Donne le pas à la bergère
En dépit des seize quartiers.
Et qui sait ce qu'à ma maîtresse
Garde l'avenir incertain ?
Margot, encor dans la jeunesse,
N'est qu'à sa première faiblesse ;
Laissez-la devenir catin,
Bientôt, peut-être, le destin
La fera marquise ou comtesse.

Quel succès eut M. Fabien Carrère lorsqu'il lut ces vers et les lut avec d'autant plus de verve et d'entrain qu'ils s'accordaient absolument avec ses goûts et ses principes !

Si le lieutenant-criminel d'Auch sacrifiait volontiers à Bacchus et à Comus, il sacrifiait plus volontiers encore à Vénus.

Et non pas à Vénus prétentieuse et bégueule, — passez-nous le mot, — Vénus, tirée à quatre épingles, Vénus musquée qui prétend qu'on mette des gants blancs pour lui prendre le petit doigt...

Mais à Vénus sans façons ; Vénus, rieuse et joyeuse ; Vénus plébéienne ; Vénus-Margot, enfin ; Vénus court-vêtue, sans chapeau ni corset. Et tant mieux ! Elle en est plus vite déshabillée et décoiffée.

M. Fabien Carrère pratiquait l'amourette et non l'amour. Il admirait les dames, lorsqu'elles étaient admirables, mais il ne cultivait que les bourgeoises ; les petites bourgeoises ; les paysannes ; les grisettes, surtout.

Oh! les grisettes! Quand la Garriga, sa fournisseuse assermentée, lui en dénichait une nouvelle, quelle joie !...

Et pour elle que d'écus !...

Aussi l'Espagnole était-elle bien tranquille dans sa double profession de tireuse de cartes et de... *Bonneau* femelle ; la police ne l'inquiétait jamais !

***

Après avoir moissonné, on glane.

Mais, après le glanage, surtout dans un champ qui n'est pas vaste, comment, si l'on en veut toujours, trouver encore des épis?

Depuis dix ans bientôt qu'elle servait consciencieusement M. Fabien Carrère, lui cherchant de toutes parts des morceaux à croquer, la Garriga avait épuisé tous les bons gîtes.

A l'heure dont nous parlons, soit six semaines après le mariage du bourreau d'Auch, M. le lieutenant-criminel était furieux contre sa fournisseuse...

Il y avait plus de quinze jours qu'elle ne lui avait rien fourni.

C'était un matin. Il l'avait mandée dans son cabinet; — non pas son cabinet de magistrat, mais dans son cabinet intime; son cabinet de libertin.

— Çà, ma chère, lui dit-il, sans autres préambules, qu'est-ce que cela signifie? Je n'entends plus parler de toi!...

La Garriga prit un air contrit.

— Que voulez-vous, monseigneur, repartit-elle, — on donnait encore du *monseigneur* gros comme le bras, dans toute la province, à monsieur le lieutenant-criminel, — que voulez-vous! Tant va la cruche à l'eau...

— Quelle plaisanterie!... Il n'y a plus de fillettes gentilles dans la ville?...

— Il y en a toujours, mais monseigneur les connait toutes.

« Je ne peux pas en inventer pour lui être agréable!... »

M. Fabien Carrère fronça le sourcil.

— Alors, dit-il, d'un ton rogue, c'est fini... il n'y a plus moyen de se distraire *honnêtement?*...

— Dame!... Depuis dix ans, monseigneur a fait une si terrible consommation de distractions!...

« Tout s'use, encore une fois!...

« Il y a bien... quelque part... une petite femme... nouvellement mariée... qui irait fièrement à monseigneur...

« Dix-sept ans... et fraîche et jolie comme un amour!...

— Ah! Tu vois bien!... — Et qu'est-ce que...

— Cette femme?.. — Hum! voilà!... C'est que, toute susceptible qu'elle soit, comme beauté, de plaire, je crains que, sous un autre rapport, cette femme ne lui inspire une certaine répugnance.

— Une certaine répugnance? Et à quel sujet?...

— Monseigneur sait-il que Jean Costacalde, le bourreau de la ville, s'est marié dernièrement?

— Oui, il me semble avoir entendu parler de cela. Et puis?

— Et puis... la femme en question, Marcelle Dubuc, est celle de Jean Costacalde.

M. Fabien Carrère fit la grimace.

— Oh! oh! s'exclama-t-il, en effet... la femme du bourreau...

— Ça n'est pas tentant, n'est-ce pas? reprit la Garriga. Je me doutais que telle serait l'opinion de monseigneur.

— Et tu dis qu'elle est vraiment jolie?

— Charmante!...

— Où diable s'est-elle avisée, alors...

— D'épouser Costacalde? La misère... Quelques obligations qu'elle avait à ce brave garçon. — Il prend soin de son père... son père, à elle... qui est infirme; à moitié mort!...

« Ah!... Elle n'en est pas plus contente pour cela d'être... A tout hasard, j'ai fait bavarder l'autre jour Marcou, leur valet. Il les entend causer, vous concevez? — Il me disait qu'elle donnerait deux doigts de sa main droite pour que son mari pût quitter son vilain métier!...

« J'ignore s'il serait possible à monseigneur de... mais enfin, il y a là un moyen pour... en admettant que Marcelle Dubuc soit à son goût...

« En tout cas, qu'est-ce que monseigneur risque de la voir?... »

M. Fabien Carrère réfléchissait :

— Tu as raison, dit-il après un silence, je ne risque rien de la voir...

« Justement j'ai affaire tantôt à Costacalde. Au lieu de l'appeler chez moi, j'irai chez lui.

— C'est cela.

— Mais si ta Marcelle Dubuc ne vaut pas le dérangement que je vais prendre, je me fâche contre toi, la Garriga!...

— Oh! je n'ai pas peur de vos reproches, monseigneur!

« Faut-il que je revienne demain pour savoir...

— Ce que j'ai décidé? oui, reviens demain matin.

⁂

Ainsi qu'il l'avait dit, le même jour, dans la soirée, le lieutenant-criminel se

Dans sa prison il passait son temps à prier et pleurer.

rendait rue de l'Arbalète, chez le bourreau d'Auch.

Costacalde était sorti pour quelques instants. Ce fut Marcelle qui reçut M. Fabien Carrère, qu'elle ne connaissait pas, et qui profita de l'absence du mari pour examiner, son comptant, la femme.....

Un examen tout à l'avantage de cette dernière...

Le lieutenant-criminel ne s'était pas nommé; quand, au retour de Jean, elle apprit les titres et qualités du personnage qui honorait leur logis de sa visite, Marcelle devint toute tremblante...

Elle s'excusait de n'avoir pas été assez empressée, peut-être.....

— Vous n'avez pas à vous excuser, mon enfant, dit le magistrat d'un ton paterne votre accueil a été aussi gracieux qu'il pouvait être.....

« Et j'en suis d'autant plus satisfait que j'apporte à votre mari une bonne nouvelle dont vous prendrez votre part.

— Une bonne nouvelle ! s'écrièrent à la fois Marcelle et Jean.

— Oui, poursuivit M. Fabien Carrère. Quand on se met en ménage, on n'est pas fâché, n'est-il pas vrai, de voir s'augmenter ses petites ressources?

« Voici ce dont il s'agit :

« Mon greffier, maître Dallard, qui est en même temps archiviste de la prison de Ville, est chargé de mettre en ordre quantité de pièces concernant les procès criminels de ces dernières années, et de tirer, des plus importantes, des copies qu'on expédiera à Paris au Grand-Châtelet.

« Or, le commis de maître Dallard, qui l'aurait naturellement assisté dans cette besogne, est malade.

« Vous savez lire et écrire, Costacalde. Vous remplacerez ce commis.

« C'est l'affaire d'un mois, environ, de travail. Au bout de ce mois, vous toucherez, en dehors de vos émoluments habituels, la somme de deux cents livres...

« Cela vous convient-il?

— Cela me convient, monseigneur, répondit vivement Costacalde, et je vous remercie de toutes mes forces d'avoir daigné songer à moi pour ce travail ; c'est moins l'appât de l'argent que je vais gagner en cette occasion que la manière dont je le gagnerai qui me rend heureux !...

M. Fabien Carrère sourit avec bonté en regardant Marcelle.

— Oui, oui, dit-il, je vous comprends, mon pauvre Costacalde...

« Quand on possède une gentille petite femme comme la vôtre, on préférerait lui donner du pain à l'aide d'un tout autre métier que celui que vous faites !...

« Eh bien !... ayez confiance en moi, mon ami !... Acquittez-vous d'abord avec soin et intelligence de la besogne dont je viens de vous charger... Que l'on soit content... très-content de vous... et... — je ne vous dis que cela !... — j'ai des amis haut placés... S'il était possible de vous tirer de là !...

— Oh ! monseigneur ! s'écria Marcelle, saisissant, dans le transport de sa reconnaissance, la main du lieutenant-criminel pour y imprimer ses lèvres, oh ! monseigneur, si nous vous devions une telle joie, Jean et moi, demandez-nous notre sang, ensuite... notre âme !...

— Bon ! bon ! chère petite, reprit doucement M. Fabien Carrère, cela vous coûtera moins cher que cela !... Bien moins cher que cela !...

∴

Le lendemain matin, M. le lieutenant-criminel disait à la Garriga :

— Marcelle Dubuc est ravissante ! Il me la faut. Voici de l'or ; ne ménage rien, et qu'avant quinze jours elle soit à moi.

Et la Garriga, ayant empoché l'or, répondait à M. le lieutenant-criminel :

— J'y perdrai ma part de paradis, monseigneur, ou avant quinze jours Marcelle Dubuc sera à vous.

∴

Au fond, Jean Costacalde n'avait qu'une médiocre foi dans les promesses de M. le lieutenant-criminel tendant à le retirer de son ignoble métier.

Jean Costacalde, on s'en souvient, l'avait dit à sa femme, la nuit même de leurs noces : personne, fût-ce le roi, ne pouvait faire que le fils d'un bourreau ne fût et ne restât pas bourreau.

Mais Marcelle paraissait si heureuse des espérances qu'elle tenait de M. Fabien Carrère, que, tout en ne les partageant pas, Costacalde eût considéré presque comme une mauvaise action de les combattre.

Donc, depuis la visite de M. le lieutenant-criminel, la joie régnait dans le nouveau ménage.

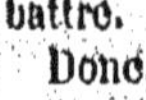

Le travail même dont avait été chargé, en dehors de ses fonctions, son mari, semblait à la jeune femme un acheminement vers la réalisation du précieux

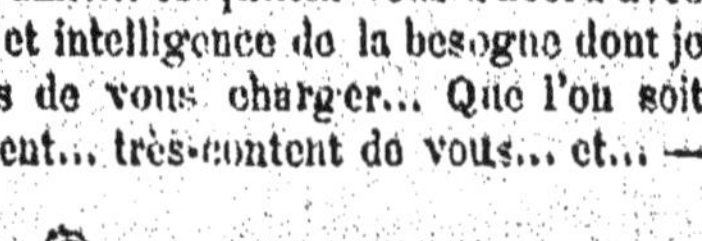

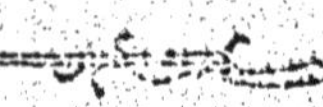

engagement du respectable magistrat.

Jean Costacalde s'en allait, dès le matin, à la prison de la ville, aider l'archiviste dans le classement des pièces concernant les procès criminels, et il ne revenait rue de l'Arbalète qu'assez tard dans la soirée...

Marcelle restait, par conséquent, seule toute la journée; toute seule, à tricoter ou coudre dans une pièce basse de la maison. — Son état empirant de jour en jour, le père Dubuc ne quittait guère plus sa chambre et son lit.

Une après-midi, Marcou, le valet, entra annoncer à sa maîtresse qu'une femme désirait lui parler..

— Qu'est-ce que cette femme? demanda Marcelle.

— Je l'ignore, répondit Marcou.

Il mentait. Cette femme, c'était la Garriga; et il le savait bien!

Mais elle l'avait payé, et bien payé, pour se taire; il gagnait son argent.

La Garriga avait pris pour la circonstance, un costume de paysanne: un corsage à manches, marquant la taille jusqu'aux hanches, et qui se fermait au moyen d'un lacet; un long jupon à gros plis et un tablier de coton...

Sa coiffe de toile, soigneusement rabattue, cachait ses traits. — Une précaution contre les curieux et les bavards qu'elle eût pu rencontrer aux alentours.

Marcou, après l'avoir introduite, s'était discrètement retiré.

— Qu'y a-t-il pour votre service, madame? dit Marcelle lorsque la visiteuse se fut assise.

— Je ne suis pas ici pour moi mais pour vous, Marcelle Dubuc, répliqua la Garriga d'une voix grave.

Disant ces mots, elle releva sa coiffe. La jeune femme ne la connaissait pas; elle ne craignait point de se montrer à elle.

— Pour moi? répéta Marcelle, étonnée; et que pouvez-vous pour moi?

— Tout. A preuve, tenez. Lisez ceci.

L'Espagnole tendait à la jeune femme un parchemin, scellé de cire rouge, aux armoiries royales....

Sur ce parchemin il y avait ce qui suit:

» Nous, le roi,

» A la requête de notre premier ministre et grand-chancelier, Monsieur de Maupeou, et sur la demande instante de monsieur Fabien Carrère, notre lieutenant-criminel en la juridiction de la ville d'Auch.

» Avons ordonné et ordonnons ce qui suit:

» Le sieur Jean Costacalde, exécuteur des hautes-œuvres en la dite ville, désirant résigner ses fonctions, est admis dans son désir.

» Monsieur Fabien Carrère, notre lieutenant-criminel, est chargé de remplacer, dans le plus bref délai, ledit Jean Costacalde, en tant qu'exécuteur des hautes-œuvres de la ville d'Auch.

» Fait en notre palais de Versailles, le 22 février 1774. »

« LOUIS. »

Et plus bas:

» *Enregistré à la Grande Chancellerie de France, le 23 février* 1774. »

« MAUPEOU. »

∴

Marcelle avait lu, et folle, éperdue de joie, elle s'élançait hors de la salle emportant l'écrit béni....

Mais la Garriga la retint:

— Où allez-vous donc?

— Vous le demandez, madame? Mais je cours à la prison de Ville remettre ce parchemin à mon mari.

— Oh! oh! permettez!.... Vous le lui remettrez plus tard, à votre mari, ce parchemin, ma belle; maintenant, nous avons à causer toutes deux de choses importantes.

— De choses importantes?... Et que peut-il y avoir de plus important pour moi, à cette heure, que d'apprendre à Jean....

— Qu'il n'est plus bourreau. Sans doute, cela est très-intéressant pour vous et pour

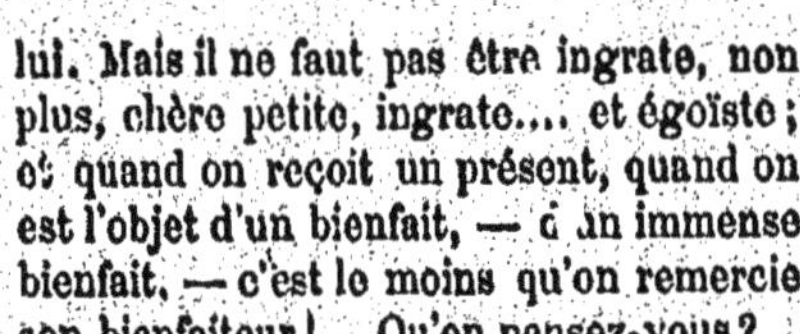

lui. Mais il ne faut pas être ingrate, non plus, chère petite, ingrate.... et égoïste; et quand on reçoit un présent, quand on est l'objet d'un bienfait, — d'un immense bienfait, — c'est le moins qu'on remercie son bienfaiteur!... Qu'en pensez-vous?

Marcelle écoutait, interdite, la Garriga, en la regardant, d'un œil de regret, replier le parchemin et le remettre dans sa poche.

Enfin :

— Il est vrai, madame, dit-elle, dans l'excès de ma joie, j'oubliais.... Je dois vous remercier, vous, d'abord, qui avez pris la peine de.....

— Oh! moi! vous ne me devez rien! C'est monsieur le lieutenant-criminel seul qui m'a envoyée vers vous, c'est M. Fabien Carrère qui a droit à votre reconnaissance!...

— Aussi lui est-elle toute acquise, madame!.... Et vous n'en doutez pas! Faut-il avant de me rendre près de mon mari que je passe chez M. Fabien Carrère? Je suis prête.

— Non; ce n'est pas cela. Asseyez-vous... et écoutez-moi... écoutez-moi tranquillement.

Marcelle obéit en soupirant; elle reprit sa place en face de l'étrangère.

— J'écoute, murmura-t-elle.

— Bien! dit la Garriga. Vous concevez, chère enfant : je ne suis, moi, qu'une simple messagère dans cette affaire. J'appartiens à M. le lieutenant-criminel; je suis sa femme de charge. Il m'a dit : « Gertrude, vous irez montrer cet écrit à Mme Costacalde.... » Je suis venue. Je vous ai *montré*, comme il m'était enjoint, le parchemin....

« Mais je n'ai pas ordre de vous le laisser.

— Ah!....

— Non!... M. Fabien Carrère s'est réservé ce plaisir.

— Il est bien bon!....

— Bon.... Oh! mon Dieu! sans doute M. Fabien Carrère est très-bon; mais entre nous, je crois que s'il n'y avait pas été poussé par un sentiment.... qui touche au cœur aussi, mais d'une autre façon que la compassion, il ne se serait pas empressé, comme il l'a fait, de vous être agréable.... à vous et à votre mari....

« Rien pour rien! C'est la loi commune, voyez-vous, en ce monde, ma petite.

« M. Fabien Carrère attend quelque chose de vous en échange de cette ordonnance du roi à laquelle, d'ailleurs, il manque encore une formalité pour être valable.

— Ah! il manque encore....

— La signature de M. le lieutenant-criminel. Oui. Oh! c'est indispensable.

— Et, pour obtenir cette signature?..

— Ah! voilà!... C'est assez difficile à vous expliquer!... Assez difficile!... Nous allons tâcher de le faire, cependant.

« Voyons, ma belle Marcelle : il y a huit jours, lors de sa visite, qu'avez-vous dit à M. Fabien Carrère?.... — Il m'a tout conté. — Que vous étiez disposée à donner votre sang.... votre âme.... — ce sont vos propres expressions, je crois, — à celui qui arracherait votre mari à une odieuse profession?

— Oui, madame, j'ai dit cela... et je le répète!

— A merveille!... Eh bien! mon enfant, M. Fabien Carrère adhère à votre sacrifice.

« Entendons-nous!... Il n'en veut pas à votre sang... à votre vie!.... — Il n'est pas si cruel!... — Mais il accepte le don de votre âme....

— Ah!... Il accepte... Et comment....

— S'effectuera ce don? Mais de la manière habituelle. Entre deux baisers. Comprenez-vous?....

Marcelle tressaillit.

— Non, dit-elle, je ne comprends pas.

La Garriga se mordit les lèvres.

— C'est que vous ne voulez pas comprendre! reprit-elle. Enfin! il faut vous mettre les points sur les i... Soit!...

« M. Fabien Carrère est amoureux de vous, ma chère. Amoureux fou!

« Consentez à le rendre heureux, ce soir.. et.. et demain, Jean Costacalde n'est plus bourreau. »

Marcelle se dressa, pâle, palpitante.

— C'est impossible ! s'exclama-t-elle, M. Fabien Carrère, un magistrat, ne peut... ne veut pas m'imposer une telle infamie en échange de son bienfait !

La Garriga sourit ironiquement.

— Des grands mots ! fit-elle. Où voyez-vous qu'il soit infâme, lorsqu'une femme vous plait, de souhaiter de la posséder ?...

« C'est, suivant vous, sa qualité de magistrat qui empêcherait M. Fabien Carrère de..... Ah ! ah !.... Vous ne connaissez guère M. le lieutenant-criminel, ma petite !... Il se moque bien de cela !...

— S'en moquera-t-il encore quand j'aurai raconté partout sa honteuse proposition ?

— Vous ne raconterez rien !

— Parce que ?...

— Parce que vous joueriez trop gros jeu en bavardant. Marcelle Dubuc et M. Fabien Carrère, c'est le pot de terre et le pot de fer. Vous vous briseriez, ma petite, en vous heurtant à monsieur le lieutenant-criminel....

« Et, dame ! il n'y aurait pas que vous, peut-être, qui auriez à vous repentir d'avoir engagé une lutte inégale.

« Pour votre gouverne, je dois vous avertir même que, fussiez-vous discrète sur ce que vous appelez sa *honteuse* proposition.... — discrète avec tout le monde, y compris votre mari.... — M. Fabien Carrère ne vous en garderait pas moins rancune de l'avoir repoussée....

« Encore une fois il est amoureux fou de vous, mon maître !.... Et l'amour a cela de commun avec la haine qu'il ne pardonne pas !

« Allons ! Dites oui... et, ce soir, entre sept et huit, M. Fabien Carrère est ici.

« On retiendra le temps qu'il faudra Jean Costacalde dans les bureaux de la prison de Ville.... Donc, rien à appréhender de ce côté.

« Votre père ne peut rien voir et rien entendre.

« Vous aurez envoyé Marcou, votre valet, en commission dans la ville haute, et par là aussi il y aura quelqu'un pour empêcher celui-là de rentrer trop tôt !.....

« Et puis ? Votre réponse ?

— Ma réponse, répliqua fièrement Marcelle, est que M. le lieutenant-criminel peut, s'il lui convient, nous faire tuer mon mari et moi, mais que je ne tromperai pas mon mari !...

La Garriga haussa les épaules.

— A votre aise, ma belle ; ricana-t-elle. Je reviendrai après demain savoir si vous avez changé de sentiment.

— Il est inutile de revenir. Je n'en changerai pas !

— Bah !.... *Souvent femme varie !*... Et elle a bien raison, ma foi ! quand son intérêt en dépend !.. Au revoir !...

⁂

C'était—on l'a compris,— un piége que la Garriga avait tendu à Marcelle. — Et hâtons-nous de dire que M. Fabien Carrère était étranger à l'idée de ce piége, et que s'il en eût été instruit, il s'y fût bien probablement opposé.

La soi-disant *ordonnance du roi*, révoquant Jean Costacalde de ses fonctions d'exécuteur des hautes-œuvres, était fausse, tout entière fabriquée de la main de la Garriga.

Que risquait-elle ? D'abord elle ne serait pas si maladroite que de se démunir de cette pièce, et, lors même qu'elle s'en démunirait, elle ne pouvait redouter que M. le lieutenant-criminel lui en fît un crime. On est généralement indulgent pour les fautes ou les sottises d'autrui lorsque ces sottises ou ces fautes vous rapportent.

La Garriga avait dit à M. Fabien Carrère que le principal moyen, par elle employé, pour séduire Marcelle Dubuc, avait été la promesse, faite en son nom, à lui, lieutenant-criminel, qu'avant peu Jean Costacalde ne serait plus bourreau.

C'est décidé à lui renouveler cette promesse — qui ne le compromettait pas, — qu'un soir de la fin de mars, M. Fabien Carrère, enveloppé dans un manteau, se glissa chez Marcelle.

Car, après leur avoir résisté plus de quinze jours, elle finit par céder aux obsessions de la Garriga, la pauvre Marcelle! Convaincue qu'en continuant de repousser son puissant amoureux elle s'en ferait un ennemi implacable, elle préféra s'en faire un ami protecteur!...

Que ceux qui la jugent coupable lui jettent la pierre; pour nous, nous n'en avons pas le courage.

Jean Costacalde était à la prison de Ville...

Marcou—que la Garriga s'était chargée d'empêcher, comme son maître, de rentrer trop tôt, — était en course dans la ville haute...

Le vieux père Dubuc dormait, de son sommeil de paralytique, dans un cabinet au rez-de-chaussée...

Guidé par Marcelle, M. Fabien Carrère monta au premier où il ne put retenir une exclamation de surprise flatteuse à l'aspect du lieu presque luxueux qui s'offrit à ses regards.

Jean Costacalde adorait sa femme; il avait voulu que l'asile de leurs amours fût aussi élégant que celui du plus riche bourgeois de la ville.

Cependant Marcelle, blanche comme une morte, se tenait immobile à l'écart.

M. Fabien Carrère s'approcha d'elle et tenta de préluder par quelques légères caresses à un bonheur plus grand...

Mais, le repoussant :

— Vous avez exigé que je fusse à vous, monseigneur, dit-elle; je serai à vous...

« Mais vous me jurez qu'en nous séparant... tout à l'heure... vous me remettrez, signée de vous, l'ordonnance du roi?...

— *L'ordonnance du roi*? répéta M. Fabien Carrère, étonné.

Et il allait poursuivre : « Quelle ordonnance? »

Mais on n'est pas impunément lieutenant-criminel, c'est-à-dire, par état, habitué à deviner le mal...

M. Fabien Carrère devina le subterfuge auquel la Garriga avait eu recours pour lui livrer la femme du bourreau.

Peut-être se réserva-t-il de l'en blâmer, mais, en attendant, il ne la démentit point.

— Je vous le jure, Marcelle, dit-il, avant de nous séparer, je vous remettrai l'ordonnance du roi signée de ma signature.

— C'est bien! repartit la jeune femme; je vous crois.

Disant ces mots, elle souffla la chandelle.

— Oh! s'exclama l'amoureux, d'un ton de doux reproche, pourquoi éteindre?

— Pour que vous ne me voyiez pas pleurer! repartit Marcelle.

Après tout, *on mange bien des perdrix sans oranges.....*

Sans faire d'autres objections, M. Fabien Carrère entraîna, dans l'ombre, la jeune femme vers le lit.

⁂

Cependant, à l'heure où, sans vergogne, le lieutenant-criminel s'introduisait furtivement chez le bourreau, pour le déshonorer, la Perrine recevait une invitation de la Garriga à venir la trouver sans tarder d'une seconde.....

Quelques minutes après avoir reçu cet avis, la Perrine était chez l'Espagnole, qui, glorieuse et fière, lui apprenait comme quoi, devançant le terme assigné à la réussite de son honorable entreprise, — du 15 au 30 avril, — ce soir même, 26 mars, elle avait jeté Marcelle Dubuc dans les bras de M. Fabien Carrère.

Les traits de la Perrine s'étaient épanouis tandis que l'entremetteuse lui donnait ces explications....

Quand cette dernière eut achevé :

— C'est bien, la Garriga, dit-elle; vous m'avez bien servie; je vous paie bien. Rien de plus juste.

« Voici vos dix louis. »

Elle posait sur une table les dix pièces d'or.

— A présent, continua-t-elle, c'est à moi de compléter votre œuvre.

— Compléter mon œuvre! répéta la Garriga, secrètement effrayée du feu sombre qui jaillissait de la prunelle de la fille de joie; et que comptes-tu faire pour cela?

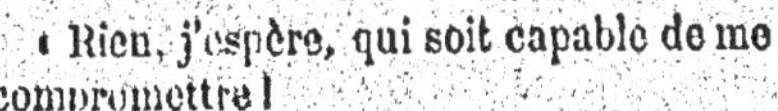

« Rien, j'espère, qui soit capable de me compromettre !

« Que tu révèles... un de ces jours... son malheur conjugal à Costacalde... libre à toi !... Mais pas ce soir au moins !... Pas ce soir !... Il n'aurait qu'à se fâcher... à faire du bruit, du scandale !... M. Fabien Carrère ne me le pardonnerait jamais !.. »

L'inquiétude manifestée par la Garriga parut impressionner la Perrine.

— N'ayez pas peur, dit-elle ; je n'ai pas l'intention de rien apprendre ce soir à Costacalde !... Non ! D'ailleurs M. Fabien Carrère ne se contentera probablement point de quelques instants de plaisir... il voudra revoir Marcelle Dubuc....

— Sans doute !...

— J'attendrai donc une quinzaine pour instruire ce pauvre Jean de l'honneur qui lui fait M. le lieutenant-criminel en couchant avec sa femme.

— A la bonne heure !... Dans une quinzaine, c'est cela ! D'ici là, M. Fabien Carrère aura eu tout le temps de se rassasier de la petite !...

— C'est évident. Au revoir et merci, la Garriga.

— Au revoir, ma belle.

∴

La Perrine en avait imposé à la Garriga : son intention formelle, positive, inébranlable, était d'instruire ce même soir, tout de suite, Costacalde de ce qui se passait chez lui !...

Qu'il fît du bruit, du scandale, en apprenant la trahison de Marcelle, et que M. Fabien Carrère eût à souffrir de ce scandale et de ce bruit, c'était le moindre des soucis de la Perrine !...

Attendre quinze jours pour dire à son ancien amant : « Tu m'as chassée, et la femme que tu as épousée te trompe !... » Allons donc !... Est-ce que cela était possible !...

Maintenant, qui trouverait-elle qui consentît à porter secrètement un mot à Costacalde, occupé dans les bureaux des archives de la prison de Ville, et — elle n'en doutait point, — gardé à vue, ce soir-là, dans ces bureaux ?...

A tout hasard, d'abord, elle rentra chez elle écrire le mot...

Puis elle s'en alla rôder du côté de la prison.

Le hasard la servit. Le fils du concierge, — un grand nigaud de dix-neuf ans, qui la reluquait timidement depuis plus de six mois, — rentrait souper comme elle se promenait à quelque distance de la grand'porte. Il la reconnut dans l'obscurité... soupira... et passa, selon son ordinaire.

Mais elle fit un geste ; elle murmura un nom, — le sien : — Prosper Giraux...

Il revint sur ses pas. Elle s'était abritée sous le porche d'une maison voisine.

— Pourquoi ne venez-vous donc pas me voir, monsieur Prosper Giraux, puisque je ne vous déplais point, ce me semble ?...

— Oh ! mademoiselle !... Je n'ose...

— Il faut oser !... J'ose bien vous avouer, moi, que je vous trouve très à mon goût ?

— Ah ! mademoiselle !...

— Voyons, rendez-moi un petit service, monsieur Prosper Giraux, et, pour la peine, je vous attends demain matin chez moi. Cela vous convient-il ?

— Tout ce que vous voudrez, mademoiselle !

— Vous connaissez Jean Costacalde ?...

— Le bourreau de la ville. Certainement... Il vient tous les jours à la prison... dans les bureaux du greffe. Il y est encore ce soir.

— Eh bien ! il s'agirait de lui remettre — sans qu'on vous voie, vous entendez ? — ce billet.

— Rien de plus facile, mademoiselle ! Je vais et je viens comme je veux dans les bureaux. Y a-t-il une réponse ?

— Non ! Vous montez donc bien vite et vous revenez ici me dire...

— Qu'il a le papier.

— C'est cela.

— Attendez-moi ! C'est l'affaire de cinq minutes.

— Je vous attends.

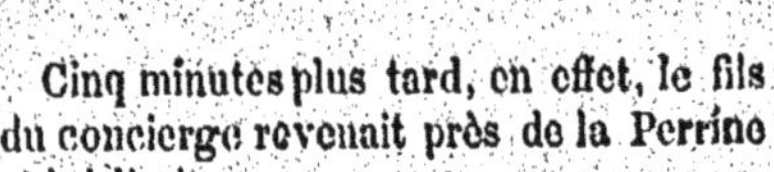

Cinq minutes plus tard, en effet, le fils du concierge revenait près de la Perrine et lui disait :

— Il a le billet.

— Bon !... Merci, monsieur Prosper Giraux.

— Et à demain ?

— Oh ! Je n'ai qu'une parole ! A demain !...

⁂

Voici ce que la Perrine avait écrit à Costacalde :

« Vous ne m'aimez plus, Jean ; moi je vous aime encore ; et je vous le prouve en vous fournissant le moyen de punir deux traîtres. Marcelle Dubuc vous trompe avec M. Fabien Carrère. Elle est dans ses bras en ce moment. Echappez-vous d'où vous êtes, *sans qu'on vous aperçoive*, — car M. le lieutenant-criminel a dû s'arranger en sorte de vous empêcher de quitter les bureaux du greffe avant minuit, — et courez chez vous. Vous verrez qui de moi ou de Marcelle Dubuc était le plus digne d'être votre femme. »

Un rugissement sourd avait échappé à Costacalde après avoir lu ce billet, que M. Prosper Giraux, — sous prétexte de lui demander une plume bien taillée, — lui avait glissé, sans être vu du greffier, dans la main.

Marcelle Dubuc le trompait... avec M. Fabien Carrère !...

Oh !... La Perrine en avait menti !... C'était une calomnie horrible qu'elle avait inventée là !...

Une calomnie !... Et si c'était une vérité, pourtant !...

Marcelle était jolie... — et M. Fabien Carrère aimait les jolies femmes... où et quelles qu'elles fussent !... Les goûts de galanterie de monsieur le lieutenant-criminel n'étaient un mystère pour personne à Auch !...

Quoi que ce fût, calomnie ou vérité, il fallait s'en assurer !

Costacalde se leva et gagna le seuil du bureau.

— Où allez-vous, Costacalde ? fit maître Dallard, le greffier archiviste, en se retournant vivement sur sa chaise.

Cet empressement, qui coïncidait avec les termes de la lettre de la Perrine, frappa Costacalde.

— Je suis un peu souffrant, monsieur, répliqua-t-il ; si vous le permettez...

Il était très-pâle, réellement, très-défait... maître Dallard crut à une indisposition...

— Bon ! bon ! dit-il ; allez, mon ami ; mais dépêchez, car notre besogne n'avance guère ; il va nous falloir travailler tard ce soir.

Costacalde s'inclina, de plus en plus convaincu qu'ainsi qu'il en avait été averti par la Perrine, on avait intérêt à le retenir hors de chez lui.

Cependant il n'était pas probable qu'à part l'autorité toute officieuse du greffier, M. Fabien Carrère se fût adressé à quelque autre pour garder le mari de Marcelle dans les bureaux de la prison...

Non ! Le bourreau descendit quatre à quatre l'escalier conduisant à la grande cour ; il traversa cette cour, entra chez le concierge auquel il dit, en essayant de paraître calme :

— Je pars, monsieur Giraux ; voulez-vous m'ouvrir la petite porte ?

— Comment donc, monsieur Costacalde, fit M. Giraux, très-volontiers !

« Mais vous partez de bien bonne heure, ce soir !... — il n'est pas neuf heures.

— Je suis malade.

— C'est différent !... — Tiens ! vous n'avez pas votre chapeau ?

— C'est vrai ! Je l'ai oublié ! Oh ! tant pis !... Je ne remonte pas.

— C'est qu'il fait froid !...

— Peuh !... j'ai la tête en feu ! Le froid me fera du bien.

— A votre aise !...

La porte était ouverte ; Costacalde s'élança en avant...

Il ne courait pas, il volait...

Il mit dix minutes à peine à franchir un trajet qui lui en demandait ordinairement plus de cinquante.

La demie après neuf heures sonnait à

Mais, d'une seule main, Lostalle le maintint renversé sur le parquet.

l'église de Saint-Cyrille commo il touchait le pavé de la rue de l'Arbalète.

L'église de Saint-Cyrille... c'était là qu'il s'était marié trois mois auparavant.

Et déjà, Marcelle...

Non! Non! Non!... C'était impossible!... C'était impossible!

Il fut obligé de s'arrêter en se tenant la poitrine à deux mains avant de pénétrer dans son logis; il lui semblait que son cœur allait éclater... que le sang allait lui jaillir des yeux... de la bouche... par tous les pores !

Enfin il se calma un peu et il entra dans le hangar...

Point de lumière en bas, ni en haut, dans la maison. Point de lumière nulle part.

La Perrine avait menti : Marcelle était seule... Marcelle s'était couchée ; Marcelle dormait.

Mais pourquoi Marcou n'était-il pas dans la salle basse à attendre son maître ?... Où était donc Marcou ?

Allons !...

Costacalde retira vivement sa chaussure, pour gravir l'escalier.

Ce n'était plus un homme, c'était une ombre...

Pas une marche ne gémit sous son pied.

Il n'avait pas atteint le milieu des degrés qu'un frisson mortel secoua tous ses membres...

Dans le silence de la nuit un bruit, sur la nature duquel il n'y avait pas à s'abuser, était parvenu à son oreille. Un bruit de baisers... de soupirs... de plaintes voluptueuses...

Il continua de monter pourtant, de monter toujours, jusqu'à ce qu'il fût près de la porte de la chambre à coucher contre laquelle il colla son oreille...

— Marcelle !... ma jolie Marcelle !... je t'aime ! disait une voix.

La voix de M. Fabien Carrère. Costacalde la reconnut bien !

— Oh ! fit-il en grinçant des dents, comment vais-je donc me venger !...

⁂

C'est une triste et misérable chose, en amour, qu'un bonheur qu'on vous donne et qu'on ne partage pas.

Le bonheur que goûtait à cette heure M. Fabien Carrère.

Ce n'était pas une femme qu'il possédait ; c'était une statue vivante.

Vivante pour souffrir et pleurer.

Mais les débauchés n'ont pas plus la délicatesse des sens que celle du cœur.

La statue était belle !... — S'il ne le voyait pas, il le savait. — Ravissante de formes !... — Cela, il le sentait s'il ne le voyait pas davantage. — Qu'importait à M. Fabien Carrère sa douleur et sa souffrance, pourvu qu'il assouvît sur elle sa libidineuse passion !...

. . . .

Dix heures sonnèrent à Saint-Cyrille.

— Ne partez-vous pas, monseigneur ? murmura Marcelle.

— Déjà ? chère petite !... Oh ! non ! Pas encore !...

Et les lèvres avides de M. Fabien Carrère cherchèrent de nouveau les lèvres de la jeune femme.

Tout à coup, sans transition aucune, la chambre s'éclaira...

D'un coup de pied, Costacalde venait d'en ouvrir toute grande la porte en faisant sauter la serrure.

Il tenait d'une main une lumière, de l'autre un objet que le lieutenant-criminel ne put distinguer, — surpris et épouvanté qu'il fût par une aussi soudaine et aussi terrible apparition, — mais qui lui sembla flamboyer...

Sans dire un mot, en moins de temps qu'il ne nous en faut pour l'écrire, Costacalde eut posé la lumière sur un meuble et eut bondi vers le lit d'où il arracha l'indigne magistrat.

Celui-ci voulut se débattre....

Mais, d'une seule main, Costacalde le maintint renversé, immobile sur le parquet...

Alors, seulement, et d'une voix tonnante :

— Ah ! monsieur le lieutenant-criminel, fit-il, vous volez sa femme au bourreau...

« Eh bien ! le bourreau vous traite comme un voleur ! Il vous marque !... »

Costacalde n'avait pas prononcé ces mots qu'un hurlement sans nom s'échappait de la gorge de M. Fabien Carrère, au contact d'un fer rougi au feu, — le fer à marquer les criminels, — que l'époux outragé, que le bourreau vengeur venait de lui imprimer sur l'épaule.

— A toi, maintenant, Marcelle, reprit Costacalde, tandis que le malheureux amoureux se roulait par terre en essayant d'arracher avec ses ongles la marque sanglante, indélébile. A toi ! Tu as partagé le crime, tu partageras le châtiment !

Et, brandissant son fer rouge, il marcha vers sa femme, agenouillée sur le lit.

Mais, au moment d'étreindre sa seconde victime, le misérable recula, en laissant échapper, de ses doigts tremblants, l'instrument d'infâmie....

Savez-vous ce que faisait Marcelle tandis que son mari accomplissait, sous ses yeux, un acte de vengeance sans précédents ?

Elle priait.

Insensible à un spectacle effroyable, elle disait d'une voix lente cette prière naïve qu'avec elle il avait dite la première nuit de leurs noces :

« Mon Dieu, vous qui aimez les petits comme les grands quand ils méritent que vous les aimiez, ceux qui vivent dans des chaumières comme ceux qui vivent dans des palais, mon Dieu, prenez en compassion un pauvre mari et une pauvre femme qui vous implorent : si vous leur donnez des enfants, *que ces enfants ne portent pas des culottes, mais des cottes !...* »

— Marcelle !... Marcelle !... s'écria Costacalde. Es-tu folle ?

Elle éclata de rire.

Il avait dit vrai : la malheureuse était folle.

⁂

A bout de furieux et de vains efforts pour enlever le honteux stigmate empreint dans sa chair, M. Fabien Carrère s'était rhabillé et s'était enfui sans que Costacalde fît mine de le retenir.

Costacalde se souciait bien de M. Fabien Carrère, à présent !...

La douleur avait éteint le ressentiment dans son âme.

En face de la pauvre insensée, Costacalde ne savait plus que pleurer.

Mais le lieutenant-criminel n'était pas homme à pardonner ce qu'il considérait comme un crime.....

Monsieur le lieutenant-criminel avait le droit de déshonorer le bourreau, le bourreau n'avait pas le droit de le marquer comme un voleur.

Ceci, bien entendu, est l'appréciation particulière de M. Fabien Carrère. Appréciation qui fut, d'ailleurs, celle du Bailliage de la ville d'Auch devant lequel il porta plainte.

Par sentence dudit Bailliage, Jean Costacalde fut condamné *au fouet, à la marque,* — à son tour, — et *aux galères.*

S'il avait été rude dans sa vengeance, on ne le fut pas moins dans sa punition.

Mais, jusqu'en 1789, il est avéré que la Justice avait une infinité de poids et de mesures.

Nous trouvons dans un *Traité de l'adultère,* daté de 1780, et signé d'un M. Fournel, avocat au Parlement, ces observations et considérations singulières :

« S'il y avait entre les parties une distance considérable de condition, de telle manière que le mari dût honneur et respect au complice de l'adultère, on ne lui pardonnerait point les violences qu'il aurait exercées envers ce dernier.

« Par exemple, un valet, qui surprendrait son maître en flagrant délit avec sa femme, serait rigoureusement puni s'il se livrait à quelque violence envers lui. La subordination, à laquelle il est assujetti, doit maîtriser les mouvements de sa fureur, et l'offense qu'il en aurait reçue ne l'excuserait point d'avoir porté la main sur la personne de son maître.

« Il en faut dire autant de tout autre subalterne vis-à-vis de son supérieur, comme d'un vassal vis-à-vis de son seigneur. »

Ainsi, c'était bien entendu : jadis, un vassal, un subalterne, un valet, cocufié par son seigneur, son supérieur ou son maître, devait rengainer sa colère....

Par contre, le maître ou le seigneur qui surprenait son domestique ou son vassal en flagrant délit d'adultère avec sa femme, pouvait l'envoyer immédiatement à la potence.... même lorsque le malheureux prouvait que, pour devenir criminel, il n'avait fait que céder aux sollicitations de sa dame ou maîtresse.

A ce sujet, le dit M. Fournel, ci-dessus cité, rapporte, en ces termes, une histoire assez bizarre :

« Un valet de cabaret, voyant sa maîtresse endormie, ou qui feignait de l'être, s'avança vers elle et en abusa; *et d'une première fois non content, voulut doubler.* Mais ayant été surpris par le mari qui revenait de la ville, il fut arrêté, et, sur sa confession, condamné à être pendu, quoique son maître et sa maîtresse l'eussent réclamé avant sa condamnation, déclarant *qu'ils ne s'en plaignaient pas.*

« Il y avait encore cela de favorable pour ce valet qu'il avait été induit à cet attentat par les manœuvres et les attitudes indécentes dont sa maîtresse avait cherché à émouvoir ses passions, *en se préparant à se mettre au lit, ayant fait venir par deux fois ledit valet parler à elle, l'une fois auprès du feu, et se découvrant jusqu'aux cuisses, l'autre fois la gorge et les tétins. De tels éperons le jeune homme sollicité et chauffé, se mit en volonté de la connaître.* »

Donc, Jean Costacalde, bourreau d'Auch, fut condamné pour outrages et *sévices* envers son supérieur, monsieur le lieutenant-criminel, *au fouet, à la marque et aux galères.*

Il n'avait pas même essayé de se défendre devant ses juges; dans sa prison, il passait son temps à prier et pleurer...

Il mourut d'une maladie de langueur, au bagne, la seconde année de sa peine...

Marcelle Dubuc, transportée dans un hospice de folles, à Lectoure, ne survécut que quelques mois à son mari.

La Perrine, en proie aux remords, avait quitté Auch le jour de l'arrestation de Jean Costacalde; on assure qu'elle entra dans un couvent de Filles repenties, à Mirande.

Quant à M. Fabien Carrère et à la Garriga, ils continuèrent, l'un aidant l'autre, de semer d'or et de fleurs le chemin de la vie.....

Comme il y a un terme à tout, cependant, — même au mal, — en 1789, lorsque, par toute la France, le peuple s'avisa de secouer d'un violent coup d'épaule tous les despotismes, physiques ou moraux, qui pesaient sur lui, M. Fabien Carrère — à qui l'on commençait de reprocher de n'être peut-être pas absolument, comme magistrat, un modèle de vertus, — M. Fabien Carrère jugea prudent de donner sa démission de lieutenant-criminel...

Privée de son protecteur, la Garriga, qui se faisait très-vieille, abandonna l'Armagnac pour retourner en Espagne....

Elle était riche; elle comptait vivre tranquille et heureuse dans sa patrie.

Mais il est bien vrai que même au port il faut redouter les naufrages!....

A la veille d'entrer à Grenade, la Garriga fut assasinée dans une auberge, ou *posada*, aux maîtres de laquelle elle avait eu l'imprudence de laisser voir qu'elle valait son pesant d'or.

LA REINE DE DANEMARK

Plusieurs princes du nom de Christian, ou Christiern, ont gouverné le Danemark et la Norvège. Le plus illustre de tous est assurément Christian IV, qui régna de 1580 à 1648.

On l'avait surnommé le Henri IV du Nord.

« Christian IV — dit M. Dargaud dans son intéressant *Voyage en Danemark*, — était brave et diplomate. Il gagna la bataille de Calmar sur les Suédois, en 1611. Il ne se contentait pas de commander ses armées, il commandait souvent ses flottes. En 1644, dans un combat naval, une balle, détachant un éclat de bois, lui creva l'œil droit; le sang jaillit; Christian tomba. Une voix dit : « Le roi est mort. — Non, cria le blessé en se relevant, le roi n'est pas mort et il continuera de faire son devoir! » Ses chirurgiens le pansèrent sur le pont où il resta pour donner ses ordres.

« Ses traités, qu'il rédigeait lui-même, valaient des victoires. Sa popularité était immense parmi les laboureurs, les soldats et les marins. « Camarades, dit une vieille chanson séelandaise, Christian de Danemark s'ennuie dans sa cour; il n'est joyeux que dans la fumée du canon. Alors, nous aussi nous sommes de bonne humeur, et l'ennemi fuit en criant : « Sauve qui peut! Le voilà, le roi Christian! »

« Ce prince chevaleresque et négociateur était fort économe. Il veillait aux dépenses de sa cuisine, de sa garde-robe et de ses bâtiments. Il était son principal intendant à lui-même. Il s'acquittait de ses propres mains envers ses ouvriers et ses serviteurs. Il avait les goûts magnifiques, malgré sa parcimonie qu'il tenait pour une vertu : la vertu de l'ordre. Il n'épargnait rien dans les occasions. Il avait des vaisseaux excellents, des palais splendides. Il payait bien ses armées et ses escadres. Il avait dans l'âme et dans l'imagination de la grandeur. Il avait aussi de la bonté.

« J'ai considéré affectueusement son portrait dans l'île de Taasinge, au château de Waldemar. Le roi est sur son célèbre cheval noir, il marche certainement à l'ennemi avec cet air martial. Il est de grande taille; son nez est aquilin; son front vaste; ses yeux et sa bouche sourient au péril. Toute sa physionomie respire la franchise et la confiance. C'est un héros encore plus qu'un roi.

« Quelques jours avant ma visite au château de Waldemar, j'avais rencontré près de Nyborg un bataillon que plusieurs officiers précédaient à cheval. Les soldats chantaient en chœur une sorte de *Marseillaise*. Je demandai à mon compagnon quel était ce chant : « C'est le chant national, le chant de Christian IV, » me répondit-il :

« Le roi Christian est debout sur son vaisseau *la Trinité*. Il est debout près du mât, dans le tourbillon et dans la fumée...

« Vive le roi Christian IV à l'abordage! Il agite son épée d'une telle façon qu'il fend les casques et les têtes des Suédois. Ils tombent, les Goths, sous le feu et sous le glaive. Ceux qui ne tombent pas s'enfuient. « Sauvons-nous, crient-ils, sauvons-nous! C'est le vaisseau *la Trinité*, et c'est le roi qui en est le capitaine; le roi Christian de Danemark. »

∴

Autres temps... autres rois!...

Si Christian IV fut un héros, Christian VII ne fut guère qu'un imbécile, dont nous nous serions gardé de parler, si son histoire ne se rattachait à celle d'un aventurier célèbre qui, pendant près de trois années, le remplaça, par le fait, sur le trône, comme roi, et, comme époux, dans sa couche.

Nous avons nommé Struensée.

Pauvre Christian VII!... C'est pourtant la couronne, qu'il était destiné à porter, qui lui valut d'être condamné, dès son enfance, à la plus complète incapacité!

Il n'y a pas que des roses dans le berceau des fils de rois il y a aussi des épines.

Il était fils de Frédéric V et de la princesse Louise d'Angleterre. Cette princesse étant morte, Frédéric V en épousa une autre, la duchesse Juliane-Marie de Brunswick, qui, toute sa vie, ne fut préoccupée que de substituer, à tout prix, sur le trône, sa propre lignée à celle de la reine Louise.

Dans ce but, quand Christian, l'héritier direct de son père, eut atteint l'âge de puberté, voici ce que cette honnête Juliane-Marie imagina :

Le jeune prince était naturellement porté aux plaisirs des sens; doué d'un aimable physique avec cela, il devait rencontrer peu de cruelles...

Son âge seul eût pu être un sujet de scrupules pour quelques dames.

Juliane-Marie s'arrangea en sorte d'étouffer ces scrupules.

A quatorze ans, Christian eut autant de maîtresses qu'il en voulait. Chaque nuit, à tour de rôle, cinq ou six jolies femmes se disputèrent la joie de lui prodiguer leurs caresses, de recevoir les siennes.

Ces excès prématurés devaient affaiblir l'intelligence du jeune prince, et ils l'affaiblirent en effet. Peut-être même, dans son horrible calcul, la marâtre avait-elle compté que la perte de l'esprit entraînerait celle du corps

Sur ce point ses espérances furent déçues.

Le corps était robuste; il résista à l'abus des voluptés.

Le roi Frédéric V étant mort en 1766, Christian VII, alors âgé de dix-sept ans, lui succéda...

La même année, — le 20 septembre, — il épousa Caroline-Mathilde, sœur du roi d'Angleterre Georges III, qui, elle, n'avait pas encore quinze ans accomplis.

Caroline-Mathilde était jolie à ravir; aimable, spirituelle, douce, bonne; en dépit de Juliane-Marie, la belle-mère, — furieuse d'avoir échoué dans ses projets, — et d'une autre princesse, Sophie-Madeleine, grand'mère de Christian VII, — qui, parce qu'elle était vieille, abominait les jeunes et jolies femmes, — les deux époux passèrent ensemble une lune de miel des plus charmantes, dont les fructueuses conséquences augmentèrent encore les haines intimes amassées contre eux...;

Le 28 janvier 1768, la jeune reine mit au monde un prince qui fut le roi Frédéric VI.

Cependant seize mois de possession avaient quelque peu fatigué la tendresse de Christian VII pour sa femme. Il ne se plaisait plus autant qu'autrefois près d'elle...

Elle-même, à la suite de ses couches, avait besoin de repos.

Un matin que le jeune roi causait confidentiellement avec le comte de Bernstorff, son premier ministre, de l'ennui qu'il éprouvait.... même aux côtés de sa femme :

— Votre Majesté me permet-elle de lui donner un conseil? dit Bernstorff. Un moyen de ne plus s'ennuyer?...

— Certes! Donnez, donnez vite, comte.

— Que Votre Majesté s'en aille se promener.

— Comment, me promener? Et où cela?

— Mais par toute l'Europe; en Allemagne, en Hollande, en Angleterre, en France...

« Rien de tel qu'un voyage pour vous remettre l'esprit!

— Eh! mais, c'est une idée que vous me donnez là, Bernstorff!... Une excellente idée!...

— Je suis enchanté que Votre Majesté l'agrée.

— Cela m'amusera de voyager!... Et puis cela m'instruira!

— Sans doute.

— Il est bon qu'un roi voie d'autres peuples que les siens, d'autres cours que la sienne.

— Evidemment.

— Bernstorff, mon ami, faites tout préparer pour mon prochain départ.

— Dès aujourd'hui, dès cette heure même, sire.

— Point de faste, vous entendez? Une suite peu nombreuse. Je ne veux point que les finances du pays souffrent de mes plaisirs.

— Les délicates intentions de Sa Majesté seront suivies à la lettre.

— Ce cher Bernstorff!... Ah! mais quelle heureuse idée!... Je cours en causer avec la reine!...

Caroline-Marie ne trouva pas l'idée si *heureuse* que cela; l'éloignement de son mari la chagrina beaucoup; mais elle dissimula sa peine pour ne pas accroître le secret plaisir que cet éloignement causait à la reine douairière...

Dame! Dans un voyage à l'étranger, un roi est exposé à plus de périls que dans ses états, dans ses palais!... Christian VII pouvait bien ne revenir que dans un cercueil en Danemark.

Encore un gracieux espoir que la bonne Julienne-Marie eut la douleur de ne pas voir se réaliser.

Christian VII quitta Copenhague dans les premiers jours du printemps de 1768 et se dirigea d'abord vers la Hollande.

Selon son désir il n'emmenait avec lui qu'un nombre assez restreint de serviteurs. Une vingtaine environ.

Parmi ces serviteurs se trouvait le médecin Struensée.

Né en 1737, à Halle, en Saxe, où son père était pasteur, le second de sept enfants, Jean-Frédéric Struensée avait étudié la médecine, dès l'âge de quatorze ans, et, à dix-neuf ans, s'était fait recevoir docteur.

Quelques années plus tard, il était nommé médecin d'Altona, ville du duché de Holstein, mais dépendante du royaume de Danemark.

Struensée était très-instruit, très-habile, doué d'un beau physique et de manières élégantes; ambitieux et avide de jouissances, il chercha à se créer des relations dans la haute société d'Altona et il s'y en créa en effet. C'est à la recommandation du comte de Rantzau-Aschberg qu'il dût d'accompagner, en qualité de médecin spécialement attaché au service de Sa Majesté, le roi Christian VII, dans sa promenade à travers l'Europe.

Et, tout d'abord, Christian VII manifesta un goût extrême pour le jeune médecin, se plaisant à s'entretenir avec lui, à l'interroger sur mille et mille sujets.....

Le roi et son docteur devinrent bientôt inséparables, à ce point qu'où que ce fût, le premier ne prit pas un plaisir dont le second n'eût sa part.

Il est assez curieux de remarquer que, dans tout le cours de ses pérégrinations en Hollande, en Angleterre, en Allemagne, en France, Christian VII s'acquit la réputation du prince affable et éclairé.

Affable, soit!... Mais *éclairé*!... N'ayant jamais rien appris il était assez difficile qu'il sût quelque chose!...

Après cela peut-être se servait-il des lumières de son favori Struensée pour briller. Ce qui n'eût pas été encore trop bête.

Quoi qu'il en soit, Christian VII devint à

la mode; il fut le lion du jour; on cita, par toutes les grandes capitales, ses bons mots, ses reparties, ses traits d'esprit...

Bachaumont en rapporte quelques-uns, dans ses *Mémoires*, qui, assure-t-il, méritèrent les bravos de toute la France.

Se trouvant à Versailles avec le roi, (Louis XV), et ce dernier, à propos de la disproportion d'âge qui existait entre eux, lui ayant dit : « Je serais votre grand-père. — Ah! sire, répliqua spontanément Christian, c'est tout ce qui manque à mon bonheur!... »

Son bonheur!... Regretter, pour son bonheur, de n'avoir point Louis XV pour grand-père!... Peuh!... Si le roi de Danemark était sincère en faisant ce *mot*-là, il ne prouvait guère plus d'esprit que de cœur.

Une autre fois, comme il soupait chez le roi, Sa Majesté lui ayant demandé quel âge il donnait à madame de Flavacourt qui paraissait l'enchanter, il répondit : « Trente ans. — Elle en a plus de cinquante, dit Louis XV. — Sire, c'est une preuve qu'on ne vieillit point à votre cour. »

Il revenait de Fontainebleau; en passant à Essonne, la foule l'entoure et crie : « Vive le roi! » Christian se penche par la portière, et saluant le peuple d'un sourire : « *Mes enfants*, dit-il, *il se porte bien, je viens de le voir.* »

Tout cela n'est pas la force de quarante chevaux, qu'en pensez-vous? Et si aujourd'hui, un prince étranger, en visite chez nous, ne payait pas d'une meilleure monnaie l'hospitalité parisienne, le *Figaro* ne s'évertuerait pas, comme Bachaumont, à préconiser son esprit.

Le séjour du roi de Danemark à Paris excita quantité de poëtes à chatouiller la muse en son honneur... — et il sut ce que lui coûta ce déluge de compliments rimés.

A toutes les flagorneries qu'on lui débita, contre de bonnes espèces sonnantes, nous préférons ces vers qui — ainsi que leur titre l'indique — ne lui furent pas vendus :

Vers non présentés au roi de Danemark.

Dévoré par l'ennui, cette fièvre des rois,
Ce jeune prince des Danois,
De climats en climats va cherchant un remède
Au triste mal qui le possède,
Partout les plaisirs enchanteurs
Unissent leurs efforts pour charmer ce monarque.
Enfin, las de trouver tant de fleurs sur ses pas,
Et tant de jolis vers qu'un Danois n'entend pas,
Dans les bras du sommeil, l'infortuné se plonge.
L'auguste Vérité lui dit ces mots, en songe :
« Ami, chez les Français, mille vers séducteurs
» Font payer cher leur existence;
» Tu répands ton argent et ramasses des cœurs :
» C'est bien fait; mais le Nord gémit de ton absence.
» Un père aventureux quitte-t-il ses enfants?
» Tu cherches le bonheur, va... connais mieux ton être,
» La vertu le promet à des travaux constants;
» Les rois ne sont heureux, ne sont dignes de l'être,
» Que quand leurs peuples sont contents. »
A ces mots, Christiern, ennuyé de plus belle,
S'éveille en appelant tout son monde à grand cris.
« Partons, dit-il, partons! Mon trône me rappelle;
» Autant vaut s'ennuyer à ma cour qu'à Paris. »

**

En résumé, Christian VII ne s'ennuya pas si fort que cela à Paris, et si l'on en croit les *Anecdotes scandaleuses* [1], c'est moins aux poëtes qu'aux courtisanes de la capitale qu'il laissa le plus de ses écus.

On lui avait fort vanté les fêtes que donnait, à sa maison de campagne de Pantin, la Guimard, danseuse aussi fameuse par ses talents mimiques que par le dérèglement de ses mœurs; il voulut assister à une de ces fêtes, le duc de Duras l'y conduisit; Struensée l'y accompagna.

La Guimard avait fait construire, dans sa villa, un théâtre où l'on jouait de petites pièces, très-corsées en épices, de Collé...

Mais le spectacle était la partie la plus innocente des plaisirs qu'elle offrait à ses

1. 1 vol. La Haye, 1770.

Après le spectacle il y avait un souper, et après le souper....

invités; après le spectacle, il y avait un souper, et après le souper.....

La maison était vaste, distribuée de façon que trente à quarante personnes, divisées par couples, pussent y passer commodément la nuit....

Le roi de Danemark — que, pour la forme, en cette circonstance, on appelait le comte d'Elseneur, — eut la fantaisie, en quittant la table, de prendre pour partenaire nocturne la maîtresse même du logis, — qui ne demandait pas mieux, du reste. Comme elle contait plus tard à une de ses amies; elle avait tâté de tout, excepté d'un roi; elle était curieuse de voir comment un roi disait : Je t'aime!

La Guimard était loin d'être jolie : elle était petite, maigre, noire, et très-marquée de la petite vérole. Nonobstant tous ces défauts, elle plut extrêmement, parait-il, dans le tête-à-tête, au comte d'Elseneur' car, au lendemain de cette nuit érotique, il lui adressa un présent de mille louis.

De son côté, la Guimard ne se gêna point pour se vanter de sa conquête; pendant quinze jours, on l'entendit répéter au foyer de l'Opéra :

— Eh bien! je ne sais pas si tous les rois ressemblent à celui de Danemark, mais, ma foi! je suis fâchée de n'avoir été qu'une nuit sa reine!...

Une autre fille de l'Opéra, aussi blonde que la Guimard était brune, — la Dubois, — eut également l'avantage de fixer, vingt-quatre heures, le cœur de Sa Majesté danoise.

Très-sentimentale de sa nature, la Dubois affecta de se contenter du bonheur glorieux qu'elle avait goûté dans les bras de Christian, en lui déclarant à l'avance qu'elle refuserait absolument tout présent, monnayé ou autre, qu'il se croirait obligé de lui envoyer.

Il combattait cette détermination, par trop désintéressée à son sens.

— Permettez-moi du moins de vous offrir un souvenir de moi, lui dit-il; un bracelet, une paire de pendants d'oreilles?

— Non, prince!... Pas de bijoux!... je les jette par la fenêtre si vous m'en envoyez?...

— Mais c'est de la folie!... Rien qu'une bague en diamants, voyons?...

— Pas de bague non plus.

Tenez, ô mon roi! — la Dubois tournait au lyrisme, — puisque vous êtes assez généreux pour daigner songer à me laisser un souvenir de la plus délicieuse et de la plus chère de mes nuits, voulez-vous savoir ce que je désirerais à ce titre?

— Parlez. C'est?

— Une mèche de vos cheveux.

Christian se mordit les lèvres pour ne pas rire.

— Soit! dit-il, je vous enverrai cela demain.

La Dubois reçut en effet la mèche renfermée dans une élégante boite d'or, constellée de pierreries...

Seulement, à quelque temps de là, comme elle montrait fièrement le précieux gage de la *plus chère de ses nuits* à une amie :

— Eh! ma bonne, s'écria celle-ci, mais le roi de Danemark s'est moqué de toi!...

— Pourquoi?

— Il est blond et ces cheveux que tu t'imagines venir de lui sont bruns!

C'était vrai; les cheveux donnés à la Dubois par Christian avaient été coupés sur l'occiput d'un de ses valets de chambre...

La Dubois, pourtant, ne resta pas à court :

— Je le sais bien que le roi de Danemark est blond! fit-elle, avec un aplomb superbe; mais, niaise que tu es, tu ne comprends pas que si cette mèche est noire, c'est que *je l'ai brulée de mes baisers!*.....

*
* *

On pouvait croire, d'après le renom de prince modèle qui avait suivi Christian VII dans ses promenades en Europe, que son retour dans ses états y ouvrirait une ère nouvelle de progrès et de prospérité.

Illusion.

Le roi de Danemark n'avait d'esprit qu'à l'étranger; chez lui il n'était capable de rien.

Si! Il était capable de boire du matin au soir, et, du soir au matin, de se livrer à la débauche avec les plus ignobles maîtresses.

Son premier chambellan, — le baron Holck — avait charge d'alimenter les plaisirs de Sa Majesté danoise.

Des plaisirs peu choisis; Christian avait pris goût aux courtisanes, en France; les dames de sa cour ne lui convenaient plus. Chaque soir Holck introduisait, par un couloir secret, dans l'appartement de son maître, deux ou trois filles qu'il était allé chercher au fond des plus mauvais lieux de Copenhague.

Plus ces demoiselles étaient déhontées et plus elles émoustillaient les appétits libertins du roi...

Il se plaisait à les griser, et, quand elles étaient grises, il leur contait la légende du roi Waldemar, un de ses ancêtres...

Un joyeux compagnon s'il en fût que ce Waldemar, mais qui avait assez mal fini.

Voici cette légende originale, telle que M. Dargaud la rapporte : [1]

« Le château, le lac et la forêt de Gurre appartenaient à Waldemar Atterdag. Le bon roi menait large vie dans cette demeure de sa prédilection. Les plus grandes dames de Danemark ornaient sa cour, les plus braves guerriers étaient à ses côtés au moindre signe. Il était entouré de belles et de héros.

» Des pages tout habillés de velours portaient ses messages. Ses vins étaient excellents, ses festins somptueux. Il donnait toutes ses nuits au bal, au jeu et à l'amour. Ses journées, il les réservait à la chasse. La chasse était sa passion; si bien que, dans son impatience de courir le daim et le sanglier, un abbé ou un moine l'arrêtait-il un instant afin de blâmer le mauvais exemple, Waldemar Atterdag le congédiait à coups de fouet pour se dispenser du sermon.

» Un matin qu'il s'était passé cette fantaisie féodale et que le cor sonnait, il regarda avec complaisance les tours de son château, puis ses gentilshommes, ses maîtresses, ses piqueurs, et ses meutes....

» — Que je suis heureux ! s'écria-t-il. Pourvu que Dieu me laisse ce château de Gurre, par saint Olaf, mes compagnons, il peut garder son paradis, j'y renonce volontiers!..... »

» Il dit cela, Waldemar Atterdag, et il l'oublia, tandis que l'ange de la justice enregistra ce blasphème.

» Le roi continua de vivre en fête, mais comme il arrive à tous les hommes, fussent-ils princes, empereurs ou papes, il mourut......

» C'est alors qu'il souhaita le paradis dont saint Pierre lui refusa les portes.

» L'ange terrible de la vengeance le relégua du ciel sur la terre. Et encore, s'il y pouvait dormir sous la dalle froide du sépulcre! Mais non : un fouet invisible le réveille, et, par la glace, par la pluie, par le brouillard, ce fouet dont il frappait les prêtres le frappe à son tour....

» Il galope d'un galop infernal, sans repos ni trêve, à la poursuite d'une proie impossible, autour de son château en ruines, sur les rives du lac de Gurre et dans les bois de Grib.

» Le supplice du pauvre Waldemar Atterdag durera jusqu'au jugement dernier.

» C'est dans les nuits d'été, si admirablement belles dans les cieux du Nord, qu'on entend les meutes, les hennissements, les fanfares de la grande chasse du roi Wolmer (*Kong Wolmers Jagt*). Il y a encore de vieux paysans qui ne manquent pas, dans la nuit de la Saint-Jean, de laisser ouvertes leurs écuries et leurs hangars pour que le roi et sa suite puissent trouver un abri. A Borrstingerod, village situé à mi-chemin, entre Gurre et Lystrup, le palefrenier de l'auberge, avant d'aller se coucher, dans cette même nuit de la Saint-Jean, n'oublie pas d'ouvrir à deux battants les portes de l'écurie et de bien remplir les mangeoires d'avoine et de foin. Le lendemain, tout a disparu; mais le bonheur est assuré à l'auberge et à son propriétaire tant qu'il ne cessera pas de témoigner, par cette pieuse offrande, intérêt et hommage au royal chasseur. »

*
* *

Quel agrément pouvait avoir Christian VII à narrer cette légende à ses maîtresses, et quel plaisir pouvaient trouver ces demoiselles à ce récit? C'est ce que nous nous demandons...

Toujours est-il qu'à force de s'occuper de son ancêtre Waldemar en vidant des flacons et en caressant des filles, le roi de Danemark en vint à tourner à peu près à l'idiot..

Il ne voyait presque plus sa femme, et quand, par hasard, il se rencontrait avec elle, c'était pour lui parler comme à une étrangère.....

Blessée de la conduite de son époux, de celle des deux reines douairières, Juliane-Marie et Sophie-Madeleine, qui, maintenant lui dissimulaient d'autant moins leur aversion, qu'elles la voyaient d'autant

1. *Voyage en Danemark.*

plus abandonnée, la jeune reine en était réduite à ne plus sortir de ses appartements.....

Assise près du berceau de son fils, elle passait souvent des journées tout entières à pleurer.

Elle avait pris tout le monde en défiance. Le chagrin incessant aigrit les plus douces âmes.

Son unique société était une jeune Anglaise, nommée Anna Hartwell, qu'elle avait amenée avec elle de Londres, et sur l'affection de laquelle elle avait tout lieu de compter.

Une après-midi du mois d'avril 1770, Caroline-Mathilde était seule, comme d'ordinaire, en compagnie de miss Hartwell, dans son appartement, au palais de Christiansborg, lorsqu'un valet lui annonça que M. Struensée sollicitait d'elle la grâce d'un moment d'entretien.

En revenant à Copenhague, le roi avait gardé Struensée à son service à titre de premier médecin; il l'avait, en outre, nommé son *lecteur;* — des fonctions purement honorifiques, celles-là. Christian VII se souciait de la lecture comme un poisson d'une pomme.

Caroline-Mathilde n'avait jamais parlé à Struensée, et, d'instinct, elle ne se sentait point de sympathie pour lui.....

Son premier mouvement fut donc de refuser sa visite....

Mais, cédant au conseil affectueux de miss Hartwell, elle se ravisa.....

Il était sage au moins de savoir ce que M. Struensée désirait lui dire.

Le médecin fut introduit.

On commençait, en ce temps, en Europe, pour combattre une maladie terrible qui décimait les populations... et qui, hélas! sévit cruellement encore sur elles aujourd'hui, — la variole ou *petite vérole,* — on commençait à pratiquer un système audacieux, dit *l'inoculation,* consistant à donner à l'homme, par l'insertion sous la peau du virus variolique, une variole artificielle, plus innocente que la variole naturelle, et propre à l'en préserver...

L'inoculation était devenue à la mode; elle eut ses violents détracteurs comme ses partisans fanatiques...

« En France, avons-nous dit dans notre livre des COURTISANES CÉLÈBRES[1], il se trouva un homme intelligent, le comte de Lauraguais, pour donner, au mépris du pédantisme de la magistrature, des préjugés de la Sorbonne et de la stupidité du vulgaire, l'élan au progrès, en se faisant inoculer un des premiers, et en publiant un *Mémoire* dans lequel il improuvait, en termes énergiques, un arrêt du parlement déclarant l'inoculation *une pratique nuisible et impie.* »

Struensée venait, de son autorité privée, plus encore qu'au nom même du roi, proposer à la jeune reine d'inoculer le prince royal, alors âgé de deux ans!

Caroline-Mathilde était intelligente, et elle adorait son fils. Elle accueillit favorablement la proposition de Struensée. On prit jour pour l'opération.

La glace était rompue entre la reine et le docteur. Après avoir développé le principal sujet de sa visite, ce dernier osa en aborder un autre non moins intéressant pour Caroline-Mathilde...

Et il le fit avec une grâce discrète et un accent de sincérité, tout à la fois, qui la ramenèrent instantanément à lui.

— Je me félicite, dit-il, de ce que l'exercice d'un devoir m'ait fourni l'honneur d'approcher de Votre Majesté; je m'estimerais plus heureux encore si Elle me permettait de lui prouver que je suis son plus humble et plus dévoué serviteur, en m'autorisant à me représenter quelquefois en sa présence.

Caroline-Mathilde fit un geste d'assentiment.

— Je vous y autorise, monsieur, dit-elle; mais vous n'avez pas songé, peut-être, qu'en me consacrant quelques-uns de vos moments, vous avez plus à perdre qu'à gagner.

« Je ne suis reine que de nom... et il est maladroit, sinon dangereux, de paraître respecter qui n'est respectée de personne.

1. Sophie Arnould.

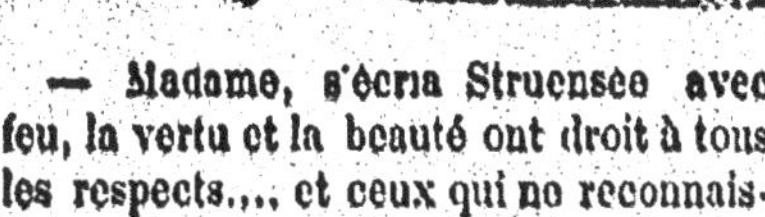

— Madame, s'écria Struensée avec feu, la vertu et la beauté ont droit à tous les respects,... et ceux qui ne reconnaissent pas ce droit sont à plaindre!...

La jeune reine eut un triste sourire.

— Pas si à plaindre, dit-elle, puisque leur existence s'écoule dans la joie et les plaisirs,...

— Une vaine joie, de misérables plaisirs, auxquels j'ai la ferme persuasion que je les arracherais....si Votre Majesté daignait me laisser entendre que mes démarches en ce sens lui seraient agréables.

Caroline-Mathilde regarda Struensée.

— Vous feriez cela, monsieur? dit-elle. Vous tenteriez de renouer ce qui est dénoué... de réunir ce qui est désuni?

— Je le tenterai, madame,... — s'il vous plait... — et, je le répète, je suis convaincu de réussir!.....

La jeune reine tendit sa main au médecin :

— Faites donc, monsieur, dit-elle. Mes vœux vous suivent. Le ciel vous assiste!...

⁂

Le ciel assista Struensée.

Quelle corde fit-il vibrer dans le cœur de Christian pour lui rendre un semblant, au moins, d'affection pour Caroline-Mathilde? Plusieurs écrivains ont affirmé que ce fut la corde paternelle. C'est en lui parlant de son fils que Struensée rapprocha le roi de sa femme.

Quoi qu'il en soit, par ses soins, la mésintelligence avouée qui régnait entre les deux époux cessa. Si dans l'intimité ils ne se virent pas plus qu'auparavant, en public ils se firent bonne mine....

C'était toujours cela d'obtenu.

Au fond, d'ailleurs, la jeune reine souhaitait-elle de rentrer dans une couche si souvent et si ignoblement profanée? Non. Il y avait longtemps que la tendresse qu'elle avait pu éprouver pour Christian était morte, tuée par le dégoût. Donc, que Christian continuât d'avoir des maîtresses.... peu importait à Caroline-Mathilde, ce qu'elle voulait seulement, c'est qu'il n'affichât plus ses désordres, parce que ces désordres étaient un affront pour elle plus encore qu'une honte pour lui.

Ce qu'elle voulait surtout, c'est qu'à défaut du bonheur conjugal qu'il ne pouvait plus lui donner, — et dont elle ne se souciait plus guère, du reste, — il lui donnât l'autorité royale dont il ne savait pas se servir, et dont elle se servirait, elle.

On s'instruit à souffrir ;

Résignée longtemps à l'obscurité, la jeune reine, en se retrouvant au soleil, s'était juré d'y garder désormais sa place.

Struensée avait conquis sa reconnaissance et sa confiance par un premier et immense service rendu.....

Elle le nomma secrétaire de son cabinet avec le titre de conseiller de conférences.

Depuis la révolution de 1660, le Danemark était en la puissance de la haute noblesse qui gouvernait le pays sous la forme de conseil d'Etat. Conformément à cet ordre de choses, cinq ou six grands personnages, entre autres les comtes Bernstorff, Moltke et Reventlow, régnaient en réalité d'autant mieux que Christian les laissait parfaitement libres à cet égard.

Aidée, conseillée par Struensée, Caroline-Mathilde résolut de renverser ce gouvernement aristocratique. En attendant, elle commença par éloigner du roi toute société qu'elle n'eût pas choisie elle-même. Holck, ce premier chambellan si complaisant dont nous avons parlé, fut chassé, non pas en punition de ses complaisances, mais parce qu'elles lui avaient été dictées par la reine-douairière Juliane-Marie...

Un ami de Struensée, nommé Enevold de Brandt, remplaça Holck dans sa charge, avec mission d'inventer tout ce qui serait susceptible d'amuser Christian.

Tandis que Christian s'amuserait, la reine... serait reine.

Et Struensée?...

Ma foi! L'amant d'une reine est bien un peu roi, n'est-ce pas? surtout lorsque cette reine ne pense et n'agit que d'après les inspirations de cet amant.

Eh bien! tandis que Christian tournerait définitivement à la marionnette, sous l'impulsion de Brandt, Struensée serait roi.

∴

On a essayé de contester que Struensée ait été l'amant de Caroline-Mathilde. Les aveux même de l'un et de l'autre en face du tribunal ont été considérés comme une lâcheté de la part de Struensée, pour garder sa tête, comme un acte de générosité de la part de la jeune reine, pour arracher son malheureux ami à l'échafaud.

Que Struensée ait eu peur de la mort et que Caroline-Mathilde ait voulu l'en préserver, c'est possible, mais ce qui est vrai, c'est qu'ils s'aimèrent..... jusqu'au crime...

Si c'est un crime à un homme jeune, beau et dévoué, de posséder une femme jeune et jolie...

Si c'est un crime à une femme jeune et jolie, dont l'époux ne mérite plus que l'indifférence, d'appartenir à un homme jeune, beau et dévoué.

Un Français, le baron de Longuève, qui visita Copenhague peu après la révolution de cour qui coûta la vie à Struensée, a raconté, dans un volume publié en 1802 sous le titre de *Souvenirs du Danemark*, l'histoire des amours du favori de Christian VII avec la reine Caroline-Mathilde, telle qu'il la tenait d'un gentilhomme danois qui avait été fort lié avec Enevold de Brandt, l'ami intime de Struensée, et qui fut décapité avec lui.

C'est à ce récit, empreint du caractère de l'authenticité, que nous avons emprunté les détails qui suivent :

Pendant l'été de 1770, Caroline-Mathilde avait fixé sa résidence au château de Frédéricksborg, dont les vastes jardins, coupés de canaux, offraient à son fils un air plus pur que le palais de Christiansborg.

Chaque jour, de deux à quatre, Struensée se rendait près de la reine pour s'occuper avec elle des affaires du pays.

Souvent, quand le temps était beau, au lieu de s'enfermer entre les murailles d'un salon, la jeune reine montait à cheval avec son secrétaire, et c'était en se promenant sous les grands arbres du parc qu'ils s'entretenaient de leurs projets politiques.

Dans une de ces promenades, un jour, Caroline-Mathilde fit une chute. Son cheval buta contre une racine d'arbre ; elle perdit les arçons et roula évanouie sur le sable.

Struensée la releva et la porta, dans ses bras, sur un banc de gazon.

Elle ne revenait pas à elle ; pour la ranimer, tout en lui humectant d'eau fraîche le front et les pommettes, il dégrafa son corsage.

Oh ! sans la moindre arrière-pensée, d'ailleurs ! C'était bien le médecin qui agissait à ce moment, ce n'était pas l'homme.

Mais l'homme était de chair et d'os comme un autre !...

Dans son empressement à soulager sa compagne, peut-être n'avait-il pas été maître de ses mouvements. On veut défaire une agrafe, on en défait trois ou quatre ! Ce n'est pas sa faute !...

Ce qu'il y a de certain c'est que, par l'effet de sa précipitation, la gorge la plus blanche et la plus ferme se trouvait maintenant, presque tout entière, exposée à ses yeux...

Si bien qu'en proie à une extase — qui n'avait rien de scientifique, — lorsque la reine rouvrit les yeux, Struensée, tout d'abord, ne s'en aperçut pas....

Il revint à lui à son tour, cependant, et balbutia quelques mots inintelligibles...

De pâle qu'elle était tout à l'heure, Caroline-Mathilde était devenue fort rouge, en se trouvant dans un pareil désordre de toilette.

Elle se releva et se rajusta vivement.

— Souffrez-vous, madame ? demanda Struensée.

— Non, répondit-elle, mais... où sont les chevaux ?

Profitant de l'occasion, les chevaux s'en étaient allés au hasard devant eux à travers les taillis. Struensée les chercha vainement.

Il était désolé; il s'accusait de négligence...

— Vous n'avez rien à vous reprocher, monsieur, dit avec bonté la reine.

« Seulement il va falloir nous en retourner à pied au château, et cela sera bien incommode avec mon amazone!...

— Si votre Majesté le désire, je puis courir aux écuries chercher d'autres chevaux?...

— Non,.. nous sommes trop loin du château. Marchons. Tant pis!...

Mais, quoiqu'elle en eût dit, Caroline-Mathilde souffrait un peu des suites de sa chûte. D'une part gênée par sa longue robe, de l'autre empêchée par de petites douleurs sourdes dans les membres, force lui fut en cheminant de s'appuyer plus qu'elle ne l'eût voulu sur le bras de Struensée.

— Je vous fatigue, lui disait-elle quelquefois.

— Oh! Madame, pas du tout!...

Il ne mentait pas. Il n'eût dépendu que de lui qu'assurément le trajet à parcourir pour regagner le château se fût augmenté du double.

Eh bien! c'est de cette aventure toute fortuite que datèrent les premières tendres relations de Struensée et de la reine de Danemark.

Sans doute Struensée n'avait pas attendu ce jour pour voir que Caroline-Mathilde était belle! Mais il l'avait si bien vu ce jour-là qu'il ne faisait plus qu'y penser...

De son côté la jeune reine ne pouvait oublier l'état dans lequel les conséquences de sa chûte l'avaient livrée aux regards du jeune médecin...

On dit qu'un secret partagé rapproche. Sa bonne fortune avait livré à Struensée le secret d'une partie des charmes de Caroline-Mathilde... Laid et vieux, elle lui eût fait un crime de ce bonheur, comme d'un vol; jeune et beau, elle se laissa insensiblement entraîner à l'idée de le compléter.

De cet instant, impossible, à la reine et à son secrétaire, de causer sérieusement d'affaires...

Ah! quand l'amour s'empare du cœur, il y laisse bien peu de place à l'ambition!...

Durant un mois encore, néanmoins, le respect, la vertu continrent les deux amants...

Il n'osait... Elle tremblait!...

Un soir, enfin, ils étaient seuls; le temps était à l'orage. Il y avait du feu dans l'air comme dans leurs veines...

Ils étaient assis l'un près de l'autre dans un petit salon... silencieux, la main dans la main.

La nuit venait.....

— Sonnez donc pour qu'on nous apporte de la lumière, mon ami? dit Caroline-Mathilde.

— Pourquoi de la lumière? répliqua Struensée. Nous sommes si bien ainsi!...

Elle se leva lentement et alla se mettre au clavecin.

Elle avait une voix charmante; elle chanta un de ces airs danois qui sont des merveilles de mélodie.

Il était près d'elle, debout....

Tout-à-coup le chant s'interrompit, coupé par un sanglot....

Il tomba à genoux.

— Pourquoi pleurez-vous? dit-il.

— J'ai peur!....

— Peur?... De quoi?....

Elle se taisait, mais sa tête s'était inclinée sur l'épaule de Struensée....

Leurs haleines se mêlaient; leurs mains se pressaient de nouveau, fiévreuses.

Il reprit:

— M'ordonnez-vous de partir.... de vous fuir pour toujours? Parlez!....

Elle tressaillit.

— Partir!.... Vous!.... Que deviendrais-je, si vous partiez!....

— Caroline!.... Ma Caroline!.... Oh!.... Si vous saviez combien je vous aime!....

Il n'avait pas achevé que leurs lèvres s'unissaient.

Le premier baiser. L'étincelle qui fait sauter la poudrière.

Ecoutez donc!.... Elle n'avait pas vingt ans, et depuis deux années elle vivait comme si elle eût été veuve!...

L'orage commençait à gronder; les éclairs sillonnaient la nue. Eclairs bénis! Orage propice!... Pour en voiler l'éclat, le bruit, à sa chère maîtresse, Struensée tira les rideaux sur la fenêtre, rendant de la sorte l'obscurité plus profonde dans le salon....

Quelques secondes plus tard et l'univers entier se fût anéanti dans un formidable cataclysme que nos heureux amoureux ne s'en fussent pas aperçus....

Coïncidence bizarre! moins de deux ans plus tard, la nuit où Struensée fut exécuté, dans une cour de la citadelle de Copenhague, près de la porte de l'Est, bien qu'on touchât à peine au printemps, alors, il faisait également un orage terrible.

Et l'on assure qu'avant de poser sa tête sur le billot, d'où celle de Brandt devait bientôt rouler à son tour, Struensée, souriant amèrement, dit tout bas en se penchant vers son compagnon d'infortune :

« Voilà une musique que j'ai entendue en une circonstance plus agréable!.... »

Le 13 septembre 1770 le vieux Bernstorff fut contraint de donner sa démission de conseiller d'Etat et de ministre. Le 27 décembre le conseil d'Etat fut supprimé en même temps qu'un manifeste royal apprenait à la nation que la puissance royale était désormais rétablie dans sa plénitude.

Ce manifeste était signé : Christian; mais nul n'ignorait que si le roi avait tenu la plume une autre main que la sienne l'avait guidée.

Struensée était devenu tout-puissant. Il avait remplacé Bernstorff comme premier ministre. A son parti appartenaient le colonel Falckenskjoeld, qui reçut mission de réformer l'armée de terre, et le général Goehler, qui fut chargé d'introduire diverses améliorations dans le service de mer.

Deux hommes importants paraissaient en outre dévoués au nouveau système, le comte de Rantzau-Aschberg, caractère inquiet, et le comte d'Osten, diplomate habile, mais inféodé à la Russie.

Deux femmes exerçaient aussi à la cour une influence prépondérante : Mme Goehler, l'amie de la reine, et qu'on disait être la maîtresse de Struensée, — et qui le laissait dire pour empêcher de plus dangereux bruits, — et la comtesse de Holstein, riche veuve qui dépensait, sans compter, de grandes richesses.

Struensée avait appelé en Danemark son frère Auguste, plus jeune que lui de deux ans, et l'avait nommé directeur du collége des finances, avec le titre de conseiller de justice.

Un autre Saxon, le botaniste Œder, dirigeait tout ce qui se rapportait au progrès de l'agriculture et à l'amélioration du sort des paysans.

En résumé Struensée était animé des meilleures intentions et sa politique intérieure comme extérieure tendait à l'accroissement de la prospérité publique. Son programme, si l'on se reporte surtout à l'époque où il le produisit, était des plus libéraux; il devançait celui de la grande Révolution française.

La liberté de la presse, la diminution des impôts, l'instruction répandue dans toutes les classes, l'adoucissement de la législation pénale, tels étaient les principaux progrès qu'il s'était proposés.

Mais il avait contre lui, d'abord, l'opinion nationale. Le peuple voyait avec déplaisir tant d'étrangers s'immiscer dans le gouvernement. Il avait ensuite les prêtres qui ne lui pardonnaient pas ses principes philosophiques. Struensée rêvait l'égalité de tous les ordres devant la loi, et l'amélioration civile des Israélites par tout le royaume; enfin, considérant ce honteux commerce comme une sanglante insulte à la dignité humaine, il voulait abolir la traite des nègres dans les colonies danoises...

Traiter des juifs et des nègres comme des hommes!... Abomination des abominations!...

Struensée était un démon envoyé par l'enfer pour bouleverser le Danemark...

Le Danemark se révolta contre Struensée.

« Ah ! c'est mon sang, cela ! »

On dit que *nul n'est prophète dans son pays ;* on pourrait dire qu'il est généralement fort difficile d'être prophète dans quelque pays que ce soit

Lisez ce qu'a écrit M. Dargaud sur la civilisation en Danemark :

« La richesse — dit-il, — n'est qu'une des branches de la civilisation du Danemark ; elle n'est pas la civilisation entière. Il s'en faut. La civilisation du Danemark, et en particulier de la Fionie, c'est aussi son instruction ; une instruction générale qui luit même dans la demeure de chaume des paysans, et qui comprend des notions d'agriculture, de géographie, d'histoire, de calcul, de philosophie pratique...

« La civilisation de ce pays est plus que cela ; c'est encore l'instinct de son honneur national, l'aspiration à la liberté, à la dignité, la bravoure sur terre et sur mer, enfin une merveilleuse identification avec la Bible, ce livre de tous les foyers, cette seconde âme, cette âme traditionnelle, qui, en faisant de Dieu le génie intime de chaque famille, rend un peuple entier religieux, touche en lui la fibre de la conscience, et développe le sentiment moral sous tous les toits.

« Telle est, si je ne me trompe, la civilisation du Danemark. Elle est très-grande ; elle est supérieure à la civilisation de l'Espagne et de l'Italie superstitieuses ; à la civilisation de la France, où l'ignorance dénature les plus beaux élans ; à la civilisation de l'Angleterre, trop endurcie en haut par l'accumulation de l'argent, trop corrompue en bas par les vices et la misère.

« Un jour, après le repas, j'ai assisté à la lecture des psaumes dans une maison de paysans. Un enfant jouait entre des pots de fleurs avec un grand chien noir aux crins soyeux. Une jeune fille scandait en danois les versets sacrés. Le père et la mère écoutaient. Un vieillard, l'aïeul, en cheveux blancs, était adossé, tout pensif, à son fauteuil. Les voix, les regards, les physionomies, les lèvres, tout priait. »

Le peuple danois croit et prie, et cela ne l'empêche pas d'être intelligent et de s'instruire, et c'est parce qu'il est intelligent et qu'il s'instruit qu'il est heureux !

Eh bien ! à qui doit-il son bonheur ? En partie aux réformes introduites par Struensée dans le gouvernement du pays.

Cependant, ingrat envers son bienfaiteur, le peuple danois a laissé l'aristocratie envoyer Struensée à l'échafaud. Le peuple danois détestait Struensée sous prétexte qu'il était étranger !...

Comme si l'esprit et le cœur n'étaient pas de tous les pays !...

•

Mais le désir de rendre à Struensée une justice que beaucoup d'historiens ne lui ont pas rendue, en tant du moins qu'homme d'état, nous a entraîné plus loin peut-être que nous n'aurions voulu.

Rentrons dans notre cadre de narrateur léger.

Tandis que Struensée gouvernait pour lui, Christian VII, dont les facultés mentales s'altéraient chaque jour de plus en plus, se livrait, sous la direction de son nouveau gentilhomme de la chambre, à toutes sortes de divertissements plus ou moins excentriques.

De femmes, il ne se souciait plus guère maintenant, le pauvre roi ; et pour cause. L'abus du plaisir avait fini par lui enlever jusqu'à la faculté de le goûter. Comme un enfant, qu'il était redevenu, il jouait dans les jardins et les appartements de son palais : à *cache-cache* ; aux *barres*...

Il se plaisait aussi à lutter avec les gens de son entourage, et l'on raconte qu'une fois qu'il avait fort maltraité Brandt dans un de ces *jeux de vilains*, celui-ci, pour lui faire lâcher prise, le mordit assez rudement à la main...

Ce dont son royal adversaire ne lui garda pas rancune, mais ce qui fut plus tard taxé de crime par les juges, qui ne condamnèrent pas seulement Brandt comme complice de son ami Struensée, mais encore comme coupable d'une voie de fait sur la personne de son souverain.

Christian devenait donc fou...

Un jour pourtant, il lui arriva de faire une chose qui prouvait que quelques lueurs de raison illuminaient encore, par ci par là, son cerveau.

C'était pendant l'été de 1771. Depuis une quinzaine on s'entretenait beaucoup à la cour d'un grand événement en expectative. La reine était pour la seconde fois dans une position intéressante...

Inutile de dire que, nul n'ignorant que tous rapports intimes avaient depuis longtemps cessé entre les deux époux, per-

sonne ne faisait honneur à Christian de ce nouveau rejeton dans l'œuf.

Bref, un jour, sans rien dire à son premier chambellan, Christian monta en voiture et ordonna qu'on le conduisît à Frédéricksborg, résidence d'été, nous l'avons dit, de Caroline-Mathilde.

La reine était dans son boudoir avec madame Gœhler. Elle tomba de son haut lorsqu'on lui annonça le roi.

— Le roi! s'écria-t-elle. Le roi chez moi!... Qu'est-ce que cela signifie?...

« Et il est seul?

— Tout seul, madame.

— C'est bien extraordinaire!...

— Bien extraordinaire en vérité! répéta madame Gœhler. M. Brandt n'a pas l'habitude de se séparer de lui.

— Et il a raison!... Dans l'état où est Sa Majesté, il y a imprudence à...

« Enfin, faites entrer. Et vous, madame Gœhler, passez dans le salon à côté, toute prête à accourir à mon premier appel, n'est-ce pas?

— Votre Majesté peut être tranquille.

— C'est que je ne le suis pas du tout tranquille, au contraire!... Pas du tout! Je ne comprends pas que M. Brandt ait permis...

∴

Christian entra, souriant. Il salua gracieusement sa femme et lui baisa la main...

Elle respira. Ces débuts ne présageaient rien de désagréable.

Il s'assit.

Sur un tabouret reposait un de ces chiens, fort à la mode à cette époque, et qui le redeviennent aujourd'hui : un carlin. Celui-là appartenait à madame Gœhler. On le nommait Dick.

Dick était affreusement laid, comme tous les carlins, et méchant, en outre, comme un âne rouge. Sa maîtresse en raffolait. Elle l'imposait même à la reine.

— Tiens! dit Christian, en caressant l'animal qui grogna, c'est à vous, madame, cette bête?

— Non, sire, c'est à madame Gœhler.

— Ah! ah!... Il est hideux... mais il est drôle!...

« Holà! mon ami, qu'est-ce que c'est? Nous nous fâchons, je crois!

— Prenez garde, sire, Dick n'est pas patient, et je crains...

— Ah! il se nomme Dick!... J'en ai un de cette espèce qui s'appelle Black, moi; mais pas si beau que celui-ci... comme laideur... je dois en convenir.

« Eh! eh! monsieur Dick, décidément, nous sommes de mauvaise humeur!.... Cela nous ennuie qu'on nous caresse?

— Sire, je vous assure que vous avez tort de... Dick ne connaît que sa maîtresse...

— Peuh! Ça m'est bien égal, à moi, qu'il grogne!... Ah bien!... S'il s'imagine m'effrayer!... J'en ai maté de plus rudes que lui!...

« Tenez, vous rappelez-vous Trilby, madame?

— Trilby?

— Oui; un gros singe qu'on m'avait rapporté des Indes. Vous ne vous rappelez pas? Au fait, vous ne l'avez peut-être pas vu. Eh bien! Trilby ne permettait à personne, excepté moi, de l'approcher. Personne, excepté moi!

« Les bêtes sentent leurs maîtres.

« Tenez, voyez votre Dick, le voilà sur mes genoux. »

C'était vrai; de guerre lasse, le carlin s'était laissé mettre sur les genoux du roi, tout fier de sa victoire, et qui reprit :

— Je le lui achèterais bien, ce chien, à madame Gœhler; il est vraiment fort drôle! Bien plus drôle que Black!...

« Demandez-lui donc, à madame Gœhler, si elle consentirait à me le vendre, Caroline?

— Le vendre, non; mais, puisqu'il plaît à Votre Majesté, madame Gœhler sera enchantée de le lui donner, j'en suis sûre.

— Soit!.... Alors je lui enverrai un beau perroquet en échange. Un *ara macao*. Vous n'avez pas vu mon ara macao, Caroline? Il est superbe! C'est un cadeau de M. Œder. Mais il crie trop — pas M. Œder, eh! eh! l'ara... — il me brise la tête.

« Si madame Gœhler en veut... C'est très-rare, les aras !...

« Hein! Que vous disais-je que ce chien ne broncherait pas avec moi !... Il dort à présent !... Il dort sur mes genoux comme dans sa niche.

« Ah! je suis très-content de l'avoir !... Très-content !

« Madame Gœhler l'a acheté à Copenhague?

— Non, sire, je crois qu'on le lui a apporté de Londres.

— De Londres; oui, il paraît qu'il y en a beaucoup de carlins, à Londres; beaucoup; et à Paris aussi.

« Vous dites qu'il se nomme Dick?

— Dick, oui, sire.

— Je le dresserai! Oh! je veux qu'il rapporte comme un barbet! Hein! Dort-il paisiblement;... Quelle partie il va faire avec Black! Cela va m'amuser de les voir jouer ensemble!...

« Eh bien! vous remercierez madame Gœhler pour moi, entendez-vous, Caroline, et vous lui direz qu'elle recevra son perroquet demain.

« Je m'en vais avec mon chien. »

Christian se levait sans que la reine songeât à le retenir; elle avait suffisamment comme cela de sa conversation......

Mais tout à coup, se retournant :

— Ah! fit le roi, mais non, je ne m'en vais pas. Je ne peux pas m'en aller !... J'ai quelque chose à vous dire, Caroline; je suis venu tout exprès pour vous dire quelque chose...

— Parlez donc, sire. J'écoute.

— C'est une idée qui m'a passé par l'esprit hier.... parce que... Enfin... Vous êtes enceinte, n'est-ce pas, ma chère?

Caroline-Mathilde devint rouge jusqu'au blanc des yeux. La question, émanant d'un mari, même fou, était brûlante.....

Elle ne trouvait pas une parole à y répondre.

— Vous êtes enceinte, répéta Christian. Ce n'est un secret pour personne.

« Eh bien! ma chère, — notez que je ne vous adresse pas un reproche! Je ne m'en reconnais pas le droit!.... — Mais, pour vous comme pour moi, il me semble qu'il vaudrait mieux.... qu'il serait plus convenable...

« Je sais bien que cela ne vous amuserait guère, sans doute!

— Qu'est-ce qui ne m'amuserait guère, sire?

— De passer une nuit avec moi.

— Une....

— Une nuit... oui!... Une nuit!... Je coucherais à Frédéricksborg une nuit.... oh!... où vous voudriez... sur un canapé... sur une chaise, près de vous; mais de cette façon, du moins, on pourrait croire que... Qui couche une fois a bien pu coucher deux... Et, quand l'enfant naîtrait... Comprenez-vous? Quand l'enfant naîtrait, on ne se moquerait pas autant de moi.

« Hein? Que pensez-vous de mon idée? »

Caroline-Mathilde se taisait de nouveau, mais la rougeur qui avait envahi son visage s'était accrue encore. Ses yeux s'étaient abaissés vers le parquet... De grosses gouttes de sueur perlaient sur ses tempes.

Quelle honte!... Et c'était un homme qui n'avait plus sa raison qui la lui imposait, cette honte!... Au sein de sa démence, cet homme s'était inquiété de son honneur... de *leur* honneur qu'elle avait souillé, elle!...

Christian, tout en caressant le chien, qu'il n'avait pas lâché, attendait toujours que sa femme répondît....

Las de son silence :

— Mon idée ne vous va pas? reprit-il sans colère, mais avec une sorte de brusquerie sourde, à votre aise! Mettons que je n'ai rien dit.

« Advienne que pourra!

« J'emporte Dick. Adieu. »

Et il s'éloigna à grands pas.

Lorsque Mme Gœhler, qui n'avait pas perdu un mot de cet entretien, de la pièce où elle se tenait, accourut près de Caroline-Mathilde, la jeune reine sanglotait.

Mme Gœhler essayait de la calmer, en lui prodiguant toutes les bonnes paroles qui lui venaient au cœur à cet effet...

« Elle n'avait rien à se reprocher! N'était-ce pas la faute du roi si elle avait failli? etc. etc. »

Mais, secouant tristement la tête :

— Ma chère, dit Caroline-Mathilde, toute faute porte avec soi sa punition; et je viens d'en faire l'amère épreuve!...

« Un fou m'a contrainte à trembler et rougir!...

« Ceci n'est que le commencement de mon châtiment.

« Je pleure aujourd'hui!...

« Qui sait ce que le ciel me réserve dans l'avenir!...

— L'avenir est à vous!

— L'avenir est à Dieu, et si Christian me pardonne, Dieu, j'en ai peur maintenant, ne me pardonnera pas!

∴

La reine accoucha, le 22 septembre, d'une fille qui reçut les noms de Louise-Auguste.

En face de cet enfant, en une circonstance, Christian eut encore un éclair d'esprit.

La nourrice de Louise-Auguste était une paysanne de l'île d'Amac; une grande et belle femme, nommée Gertrude Meyerinck, toute joyeuse et toute glorieuse d'allaiter semblable nourrisson.

Son unique chagrin était le peu de cas que paraissait faire le roi de sa fille.

— Comprend-on cela! répétait-elle à qui voulait l'entendre, dire qu'il n'est pas venu une fois... une seule fois... embrasser la chère petite princesse!...

« Mais à quoi pense-t-il donc?

— Sa Majesté est malade, lui répondait-on; Elle ne sort pas de son palais.

Si Christian se souciait peu de *sa fille*, en revanche il y avait quelqu'un qui, bien souvent, en compagnie de Caroline-Mathilde, se glissait près du berceau de l'enfant pour l'admirer.

Mais l'admiration de Struensée ne suffisait pas à Gertrude Meyerinck, il lui fallait mieux que cela.

Un jour qu'elle était allée avec la reine à Christiansborg, tout à coup, dans une salle où elle se promenait, son nourrisson dans les bras, en attendant sa maîtresse, elle vit venir de son côté le roi escorté de quelques courtisans.

Elle n'en fit ni une ni deux.

S'élançant au-devant de Christian et lui présentant l'enfant :

— Ah! cette fois, je vous tiens, sire! s'écria-t-elle, et vous l'embrasserez... ou vous direz pourquoi.

— Qui est cette femme? dit le roi, et à qui en a-t-elle avec son poupon?

— Mon poupon... répliqua la nourrice, mais c'est le vôtre, sire!... C'est votre fille, la princesse Louise-Auguste...

« Vous ne la reconnaissez pas... c'est tout simple, puisque vous ne l'avez jamais vue...

« Et, entre nous, ce n'est pas ce que vous avez fait de mieux!...

« Pas moins qu'elle est votre sang, et que vous lui devez bien un baiser.

— Ah! c'est mon sang, cela?

— Mais sans doute que c'est votre sang! *Cela!*... En êtes-vous même à apprendre à cette heure que vous avez une fille?...

Gertrude Meyerinck avait l'air de se fâcher.... Christian riait comme un fou, c'est le cas de le dire; et les courtisans riaient avec lui.

— Ah! C'est ma fille! répétait-il sur une intonation sardonique.

Soudain, devenant grave :

— Eh bien! tu as raison, nourrice, dit-il, c'est mal, c'est très-mal de ma part de n'avoir pas encore embrassé cette petite!

« Tiens!... »

Et se penchant vers l'enfant sur le front de laquelle il posa par deux fois ses lèvres :

— Est-ce bien comme cela? dit-il; es-tu contente, ma bonne?

— Très-contente, sire! s'exclama la paysanne épanouie.

— Va donc! Et quand tu verras la reine, n'oublie pas de lui dire que j'ai donné deux baisers à... notre fille.

— Oh! je ne l'oublierai pas non plus, je vous le promets!

Les courtisans n'avaient plus envie de rire. Pour un fou, Christian venait de faire là une de ces actions telles que bien des hommes, réputés très-sensés, ne sont pas capables d'en faire deux dans leur vie.

⁂

L'histoire de ces deux baisers, que ne manqua pas de lui conter la nourrice, toucha la reine.

Disons, d'ailleurs, à sa louange, que, du jour de la visite du roi et de sa proposition, si singulière dans la forme, si noble dans le fond, Caroline-Mathilde avait brisé tous tendres rapports avec Struensée

— Nous avons été coupables, mon ami, lui avait-elle dit; réparons autant que possible notre crime par un repentir sincère.

» Que le bien du pays soit désormais notre seule pensée. Restons unis pour nous faire aimer....

« Mais ne nous aimons plus que comme un frère et une sœur. »

Struensée eut bien de la peine à se soumettre à cette décision qui lui semblait cruelle. Plus d'une fois, elle-même, après son accouchement, Caroline-Mathilde eut besoin de recourir à toute l'énergie de son âme pour ne pas commettre de nouveau ce crime... si doux à commettre.

Mais bientôt de graves événements imposèrent un autre cours aux idées de la jeune reine et de son ministre.

Il y avait une année tout au plus que Struensée gouvernait sous le nom de Christian VII, quand des symptômes menaçants commencèrent de se manifester contre son autorité.

On pense bien que les deux vieilles reines Juliane-Marie et Sophie-Madeleine n'étaient pas demeurées inactives pendant cette année. Juliane-Marie, principalement, semait l'or pour arriver à ses fins : la chute d'un homme qu'elle qualifiait de vil intrigant, de misérable aventurier.

Au mois de novembre 1771, trois cents matelots norwégiens, dont la solde avait subi des réductions, se mutinèrent. Ils parcoururent la capitale en hurlant : « A bas le Saxon ! » Et, aux applaudissements de la populace, ils précipitèrent dans les eaux du port un mannequin ayant la prétention de ressembler à Struensée.

A quelques semaines de là, ce fut le tour des gardes du corps que le ministre venait de casser et dont il voulait faire entrer le personnel dans divers régiments de l'armée. Ils allèrent en masse sous les fenêtres de Christiansborg, crier : « Vive le roi ! A bas le premier ministre !... »

Brandt engageait son ami à sévir contre les révoltés; la reine partageait ce sentiment.

Mais Struensée n'était pas pour les mesures sévères.

— Laissez faire ces braillards, disait-il; le peuple est avec moi, il ne m'abandonnera pas.

Struensée s'abusait. Nous le savons : le peuple même, au bien-être duquel il s'était voué, ne l'aimait pas.

Une fois, pourtant, il sentit sa confiance ébranlée.

C'était à une soirée, chez la reine, à laquelle assistait l'envoyé anglais, lord Keith.

Lord Keith prit Struensée à l'écart et lui dit :

— Monsieur, je suis chargé, par mon maître, le roi Georges III, de vous adresser une offre.

— Et quelle est cette offre, milord? repartit Struensée.

— C'est, au sortir de ce palais, ce soir-même, de me suivre sur un bâtiment anglais, où vous passerez la nuit...

» Et qui, demain matin, mettra à la voile pour les Iles Britanniques.

» Le roi Georges III vous estime fort, monsieur Struensée ; il reconnaît en vous de hautes capacités comme homme politique et comme homme privé...

» Sa Majesté serait donc réellement heureuse de vous arracher aux conséquences d'une catastrophe imminente.

« Imminente ! N'en doutez pas ! Vous avez trop d'ennemis à Copenhague. Vous succomberez sous le nombre. »

Struensée gardait le silence, mais sa physionomie décelait un violent combat intérieur.

A ce moment la reine entra, au bras de madame Gœhler, dans le salon où lord Keith causait avec Struensée.

Les femmes lisent à livre ouvert dans les traits de ceux qui les aiment... et qu'elles aiment...

Caroline-Mathilde vit l'irrésolution sur le visage de son ami.

— Qu'est-ce donc ? demanda-t-elle, inquiète.

Struensée se tourna vers lord Keith :

— M'autorisez-vous, milord, dit-il, à faire part de votre proposition à Sa Majesté la reine ?

Lord Keith s'inclina affirmativement.

— Tout comme il vous plaira, monsieur, répliqua-t-il.

— Eh bien ! madame, reprit Struensée, s'adressant à Caroline-Mathilde, le roi Georges III, votre auguste frère, redoutant pour moi le danger en Danemark, a la générosité de m'offrir l'hospitalité dans ses états.

La reine pâlit. Réprimant, cependant, son émotion :

— Et que répondez-vous au roi Georges III, mon frère, monsieur ? dit-elle.

— J'attends pour répondre que Votre Majesté daigne me donner son opinion au sujet de cette proposition.

— Mon opinion, monsieur.... mais mon opinion est que le soin de votre sûreté doit vous préoccuper avant tout ...

« Et que, par conséquent, vous serez sage d'adhérer à l'offre généreuse du roi d'Angleterre.

« Seulement.... je ne le cacherai pas, je vais me trouver bien seule après votre départ pour me défendre contre un parti hostile !.... Et....

— Il suffit, madame, interrompit Struensée, j'attendais les paroles que vous venez de prononcer pour me confirmer dans ma résolution prise....

— Et cette résolution ?...

— Est de n'abandonner le service de Votre Majesté que le jour où elle-même me l'ordonnera.

Caroline-Mathilde sourit d'un sourire qui disait : « Alors vous ne l'abandonnerez jamais !.... »

Lord Keith sourit tristement, lui ; mais il dissimula son impression. Il était convaincu que la jeune reine, en retenant Struensée à Copenhague, venait de signer, moralement, l'arrêt de mort de son premier ministre.

⁂

En tout cas, la femme paya bien, cette nuit-là, à l'amant, l'obligation qu'elle lui avait dictée de se sacrifier pour elle !

Ce fut leur dernière nuit de bonheur.... mais elle fut délicieuse, sinon complète.

Tout le monde s'était retiré, et Struensée avec tout le monde ; mais pour rentrer bientôt, lui, par une porte secrète.

Ils étaient seuls, bien seuls...

Elle se précipita dans ses bras.

— J'ai été égoïste, fit-elle. Je n'ai songé qu'à moi. Mais il en est temps encore, mon ami. Voulez-vous partir ?.... Partez !... Je ne vous retiens pas !

— Oh ! murmura-t-il dans un baiser, tu es bien certaine, avoue-le, que je ne veux, que je ne puis pas partir !...

« Te laisser sans appui, sans protecteur, au milieu de tant de haines !... Allons donc !...

« Et puis, le roi d'Angleterre se trompe ! Il n'y a pas de catastrophe à redouter !...

« Et nos ennemis triompheraient !... Après ? Mourir près de toi, cela ne vaut-il pas mieux que de vivre loin de toi !... »

Elle buvait ses paroles ; sous la flamme de ses caresses elle oubliait un serment solennel...

Un léger cri résonnant dans une pièce voisine la rappela au devoir.

C'était sa fille — *leur* fille, — qui se plaignait.

— Non ! non ! Je t'en prie, mon ami, dit la jeune femme repoussant son amant, aie pitié !...

« Mon Dieu ! songe donc !... si... une seconde fois j'étais... Oh ! je n'y survivrais pas ! Cette fois, c'est moi qui mourrais de honte !... »

Il soupira.

Mais il est avec l'amour des accommodements.

Nous le répétons : si cette nuit, la dernière qu'ils passèrent ensemble, ne fut pas complète comme bonheur, elle ne fut pas moins ravissante.

Au point du jour, Struensée laissa sa chère maîtresse doublement reconnaissante, et des preuves de sa tendresse et du courage qu'il avait montré en sachant se vaincre pour lui donner ces preuves...

De retour à son hôtel, le premier ministre fut tout surpris de trouver son ami Enevold de Brandt qui l'attendait, dans sa chambre à coucher, en lisant un volume de Voltaire.

— Qu'y a-t-il donc ? lui demanda-t-il.

— Il y a, répondit Brandt, en déposant tranquillement le volume sur une table, que nous sommes perdus.

— Perdus !... A quel propos ?

— Une conspiration se trame dans l'ombre contre nous.

— Et les membres de cette conspiration ?

— Il y en a six. Cinq hommes et une femme.

— La femme, c'est la reine Juliane-Marie. Les hommes ? Leurs noms ? Tu les connais ?

— Non !...

— Alors qui t'a appris ?...

— Qu'ils étaient cinq ? Un rêve, mon cher ami. Tandis que tu roucoulais à Frédéricksborg je rêvais, couché dans mon lit.

— Ah ! ah !... Et c'est sur la foi d'un rêve...

— C'est parce que ce rêve était explicite qu'en me réveillant j'ai sauté à bas de ma couche et que je suis accouru ici.

» Cinq hommes et une femme... je les ai vus dans mon rêve.

» Par malheur ils étaient tous masqués.

— Tu es fou, Brandt. Il n'y a que dans les tragédies que l'on croit aux rêves... pour avoir le plaisir de les raconter.

— Struensée, je ne suis pas fou, et je te jure qu'avant huit jours, si tu n'y mets ordre... c'est-à-dire si tu ne parviens pas à découvrir quels sont les cinq gredins qui complotent de nous jeter à bas, nous serons à bas tous les deux.

— Allons ! Tu rêves encore. Laisse-moi me reposer un peu.

— Struensée, tu ne veux pas m'écouter ?

— Non ! Je veux dormir à mon tour.

— C'est bien ! Dors donc. Dans huit jours nous dormirons, toi et moi, en prison.

» Au revoir !

Et Evenold de Brandt s'éloigna tandis que Struensée se jetait sur son lit.

On va dire qu'ayant l'esprit quelque peu frappé de ce qu'il venait d'entendre, il n'y a rien de surprenant dans ce qui lui arriva alors. C'est possible. Toujours est-il qu'à peine se fut-il endormi, Struensée vit se dresser devant lui les cinq hommes masqués qui étaient apparus précédemment en songe à son ami Evenold.

Ces cinq manières de spectres, sombres et farouches, obéissant à l'ordre de la vieille-reine Juliane-Marie, planant dans un nuage noir au-dessus d'eux, s'avançaient vers le premier ministre et le chargeaient de chaînes...

Il voulait crier.... se débattre.....

Horreur ! Il ne lui était pas possible même de crier !...

La reine Juliane-Marie s'abattant sur lui, comme une chauve-souris gigantesque, lui enlevait la tête.

Quelques heures plus tard, lorsqu'il revit Brandt :

— Eh bien ! tu sais, lui dit Struensée, j'ai fait le même rêve que toi, ce matin.

— Bah !.....

— Oui, oui... mais avec des fioritures.

Et il lui conta le dénouement de sa vision.

Il riait en contant cela.

— Mon cher, dit Brandt, tu te moques des rêves... tu as peut-être tort.

» Cicéron y ajoutait foi, et il n'était pas plus sot qu'un autre.

Ils descendirent, l'un s'appuyant sur l'autre, le grand escalier de Christiansborg !

» Connais-tu l'histoire que Valère-Maxime, s'appuyant de la grande autorité de Cicéron, rapporte à ce sujet?

» Deux amis, voyageant ensemble, arrivèrent à Mégare.

» L'un d'eux alla loger dans une hôtellerie, et l'autre chez un Mégarien avec lequel il était en relations d'affaires.

» Dans la nuit, ce dernier crut voir son compagnon de voyage qui le suppliait d'accourir à son secours parce que son hôte voulait le tuer.

» L'impression que lui fit ce rêve l'éveilla, mais il se rendormit aussitôt, persuadé que ce n'était qu'une vaine illusion...

» Quelques instants après, son ami lui apparut de nouveau, lui annonça que le crime était consommé et que son hôte, après l'avoir assassiné, avait caché son cadavre sous le fumier ; le mort le priait instamment de se rendre de grand matin à la porte de l'hôtellerie, avant qu'on eût emporté son corps hors de la ville.

» Troublé de cette vision terrible, l'ami se leva, courut à l'hôtellerie, et trouva un charretier prêt à emmener un chariot; il lui demanda ce qu'il y avait dedans; le charretier, pâlissant, prit la fuite, le mort fut retiré de dessous le fumier qui emplissait le chariot, et le maître de l'hôtellerie condamné au dernier supplice.

— Et puis? dit Struensée, lorsque Brandt eut terminé son récit, que prouve cette histoire?...

— Mais que les rêves sont quelquefois des avertissements du ciel.

« Nous avons eu tous deux la même vision, il est évident que le même sort nous menace. »

Struensée haussa dédaigneusement les épaules.

— Oui, dit-il; eh bien! quand ce ne serait que pour nous assurer que Cicéron n'était pas un songe-creux, attendons les événements dont nous sommes menacés par notre rêve.

∴

Cinq hommes en effet conspiraient avec Juliane-Marie.

C'étaient: Guldberg, secrétaire du cabinet.

Le général de Rantzau-Aschberg.

Le colonel Kœller.

Le commissaire des guerres démissionné Béringskold.

Et le général-major d'Eichstœdt.

La nuit du 16 au 17 janvier 1772, il y avait bal à la cour.

D'Eichstœdt commandait la garde montante.

Vers quatre heures du matin les conjurés pénétrèrent, par une porte secrète, chez le roi, qui venait de se retirer dans sa chambre à coucher.

Ils lui déclarèrent que sa vie était en péril et que, s'il n'apposait pas immédiatement sa signature sur certains papiers, qu'ils lui présentèrent, ils ne répondaient pas de lui.

— Donnez, donnez, je vais signer! balbutia Christian VII, saisi de terreur.

Et il signa,.. sans regarder, une quinzaine d'ordres d'arrestation, concernant, entre autres, Struensée et son frère, la reine Caroline-Mathilde, Brandt, et un nommé Gude, commandant du château, dévoué à Struensée.

Ces ordres furent, dans la même nuit, mis à exécution.

Struensée et Brandt, arrêtés en plein bal, n'opposèrent pas la moindre résistance; ils descendirent, l'un s'appuyant sur l'autre, le grand escalier de Christiansborg au bas duquel stationnait une voiture fermée qui les conduisit à la citadelle.

Caroline-Mathilde, malgré ses énergiques protestations, fut transportée au château de Kronborg.

Le procès dura près de trois mois.

On accusait Struensée: d'attentat contre la personne du roi, d'avoir eu le dessein de forcer le roi à abdiquer, d'avoir entretenu un commerce criminel avec la reine, d'avoir appliqué une méthode meurtrière à l'éducation du prince royal, enfin de s'être attribué l'exercice de la puissance souveraine et d'en avoir abusé.

Dans une première audience, il ne répondit que par un silence de mépris à tous ces chefs d'accusation qui ne pouvaient être juridiquement démontrés...

Dans une seconde, entraîné par une sourde colère qu'animaient en lui les paroles blessantes de ses juges:

— Et quand il serait vrai que j'aie aimé la reine! s'écria-t-il. Puisque le roi n'est plus capable depuis longtemps de comprendre ce qu'il y a d'adorable en elle, est-ce donc un crime de ma part d'avoir donné mon cœur à la plus belle, à la plus noble des souveraines!...

A la suite de ce fatal aveu, une commission spéciale se rendit près de Caroline-Mathilde, à Kronborg.

Elle niait qu'elle eût été coupable.

— Soit! lui dit Schack-Nathlow, un des commissaires, Votre Majesté a été toujours une épouse fidèle...

« Mais s'il en est ainsi, Struensée, qui a confessé le contraire, est donc un infâme calomniateur...

« Et, comme tel, il doit subir une mort ignominieuse.

— Que dites-vous? s'exclama la reine, M. Struensée...

— A avoué qu'il avait été votre amant.

Caroline-Mathilde prit la plume.

— Si M. Struensée a tout avoué, j'avouerai donc tout aussi ! dit-elle.

Et elle écrivit et signa, d'une main ferme :

« Je reconnais avoir aimé et aimer encore de toute mon âme le comte Jean de Struensée.

« Caroline-Mathilde. »

Struensée fut condamné à mort.

La sentence portait qu'on lui trancherait d'abord la main droite, puis la tête ; que son corps serait ensuite écartelé, mis sur la roue, et sa tête attachée à un poteau.

On se borna à le décapiter.

Brandt fut condamné à la même peine.

L'exécution eut lieu le 28 avril 1772, au milieu des acclamations de la multitude ; cette sotte et ingrate multitude qui ne sait pas discerner ceux qui l'ont servie de ceux qui lui ont nui.

Brandt mourut le premier...

Struensée baisa la place toute ruisselante du sang de son ami, et, murmurant une dernière fois un nom chéri, il tendit courageusement sa tête au bourreau.

On voulait pousser également les choses au dernier point à l'égard de Caroline-Mathilde, mais lord Keith ayant déclaré, au nom de Georges III, qu'une flotte anglaise viendrait bombarder Copenhague si l'on touchait à un cheveu de la reine, on se contenta d'une dissolution du mariage royal.

Caroline-Mathilde se retira au château de Celle, en Hanovre, où elle mourut le 10 mai 1775, des suites des souffrances morales et des cruelles épreuves qu'elle avait endurées.

La reine-douairière ne profita point d'ailleurs des événements qu'elle avait provoqués. Comptant qu'il pousserait vers le trône, son fils, le prince Frédéric, frère consanguin de Christian, elle avait rappelé le vieux Bernstorff aux affaires ; mais Bernstorff était un homme d'honneur qui refusa de s'associer aux manœuvres de Juliane-Marie. Un prince Frédéric régna, en effet, après Christian, sur le Danemark, sous le nom de Frédéric VI, mais ce fut le fils de Christian et de Caroline-Mathilde, que Bernstorff fit déclarer régent du royaume, aussitôt qu'il eut atteint l'âge de majorité.

« Frédéric VI, — dit M. Dargaud, — aimait beaucoup le château de Fredericksborg qui avait été longtemps la résidence favorite de sa mère. La pierre à deux degrés, sur laquelle, aidée de Struensée, Caroline-Mathilde montait pour enjamber son cheval, à la manière d'un homme, cette pierre est encore là. Frédéric VI, un jour, versa des larmes en la regardant ; il ordonna d'en avoir soin, de la réparer, et de ne jamais la déplacer.

« Ce prince était bien un prince du Nord, un prince de Danemark. Il avait des habitudes familières et des goûts d'indépendance. Il était blond, délicat, frêle et rêveur. C'était un Hamlet de la réalité.

« On ne lui avait pas tué son père, mais on avait déshonoré, exilé sa mère, qu'on usa vite par la persécution et qu'on réduisit au désespoir. Frédéric, environné dans sa maison des ennemis de sa maison, dissimula longtemps, comme Hamlet, et, comme Hamlet, il eut son heure de vengeance. Seulement il préserva son cerveau de la folie, et ses mains ne furent point tachées de sang. »

*
* *

Christian VII ne s'aperçut pas du changement qui s'était opéré autour de lui. Il ne vit plus sa femme, il ne vit plus Struensée ni Brandt... il ne prononça même pas une seule fois leur nom.

Traînant jusque dans un âge assez avancé une existence purement animale, il mourut, le 13 mars 1808, à Rendsbourg, en Holstein, où on l'avait conduit l'année précédente lorsque, pour se faire la main,

— et peut-être un peu aussi pour obéir à de vieilles rancunes, — les Anglais, sans la moindre déclaration préalable, étaient venus bombarder pendant trois jours la capitale du Danemark, et réduire en cendres quatre cents maisons ou édifices publics.

IL N'Y A RIEN DE NOUVEAU

Vers 1840, le nommé Alexis Cascade, commis-voyageur-homme-de-lettres, qui gagnait à placer de la chaussure un argent qu'il dépensait à placer sa prose, le nommé Alexis Cascade, de passage à Carpentras, recueillit de la bouche de son maître d'hôtel une anecdote qu'il trouva piquante. Il la traduisit en galimatias français et l'envoya à l'*Argus littéraire*, petite revue fort appréciée — en province en 1840...

Suivant les bonnes traditions des rétameurs d'anas, il avait eu soin d'accommoder son récit à la mode du temps. Il avait changé les noms propres et les détails, et n'avait conservé absolument que le fond de l'histoire. Du reste la chose était assez plaisante en elle-même ; elle réussit en dépit du style ! ce fut un succès de scandale.

Aussi à trois mois de là, comme Alexis se trouvait à Bordeaux, un bottier auquel il faisait ses offres de service lui dit d'un air pincé et solennel : « On ne peut être en même temps un bon faiseur de littérature et un bon commis-voyageur. J'ignore le prix de vos calembredaines, mais vos cuirs ne valent rien. J'ai l'honneur de vous saluer.

— Mais, monsieur...

— Monsieur ! quand je reçois un voyageur de commerce sous mon toit domestique, ce n'est pas pour qu'il vienne fureter dans mes affaires de ménage et me rendre la risée de mes concitoyens. Vous n'êtes qu'un vil sycophante, voilà ce que vous êtes. Evacuez mon domicile, ou vous saurez de quel bois je me *chausse*. »

Il voulait dire « je me chauffe », mais on peut bien pardonner quelque chose à un bottier en colère.

A Agen, même histoire, ou à peu près. A Auch, Alexis fut traité de farceur et on lui montra les héros de son conte de l'*Argus*. A Toulouse, son maître d'hôtel refusa de le recevoir, car l'aventure était aussi arrivée au brave homme.

L'aventure ! elle était arrivée partout : à Foix, le premier avril 1820 ; à Montauban, en mars 1813 ; à Nîmes, en l'année 1702 ; à Avignon, vers 1750 ; et à Carcassonne, où Alexis fut injurié ; et à Béziers où il fut battu; et à Pézénas où on lui fit un procès en diffamation.

Malheureusement, cette fois, les noms de fantaisie qu'il avait donnés aux héros de son petit drame et qu'il avait été si longtemps à trouver, avaient un faux air de famille avec ceux des plaignants. Il y a, comme cela, des hasards.

En recevant le papier timbré qui lui enjoignait de « comparoir par-devant Messieurs les Président et Juges du Tribunal de Police correctionnelle », Alexis Cascade fut pris d'un violent désespoir. En vain il se prodigua les parties de bézigue et de billard, et ce que, dans l'argot des buveurs, on appelle des *consolations*; en vain il cria, se démena, fit mille extravagances : il ne réussit qu'à étourdir les autres et non lui-même, son malaise ne fit que s'accroître, et l'on fut obligé de le reconduire chez lui, chancelant sous le poids du susdit désespoir et des susdites consolations.

Il se mit au lit, mais ne put dormir. Tout le personnel sévère de la justice dansait autour de lui une ronde macabre qui semblait vouloir l'entraîner. Pour échapper au vertige, il ralluma sa bougie, et chercha le sommeil dans un volume des *Historiettes* de Tallemant des Réaux, qu'il avait acheté chez un libraire de Carcassonne.

« Je suis sauvé! » s'écria-t-il tout à coup. En effet, il venait de trouver dans les *Historiettes* l'aventure qui avait mis en émoi la province tout entière et qui le suivait partout comme un remords.

Le lendemain, muni de son volume et de son papier timbré, le voyageur-écrivain se présentait chez un avocat-bibliophile qui lui avait été recommandé à juste titre. C'était en effet un homme d'une grande érudition, connaissant à fond toutes les menuailles des littératures anciennes et du moyen âge. Comme avocat, il étalait aux yeux du client d'interminables recueils de lois et d'arrêts, d'inquiétants commentaires et des in-folio gros, gras et graves. Comme bouquiniste-amateur, il choyait en secret une collection de petits livres coquets, proprets, lustrés, véritables merveilles typographiques, contenant les élucubrations fantaisistes des anciens ou les plaisanteries grivoises du prétendu bon vieux temps. Malheureusement il lisait ses livres; aussi, parfois, des traits de littérature insolite faisaient saillie sous la robe de l'avocat. Au moment le plus imprévu, à côté de Pothier, Sirey, Troplong, Pardessus et consorts, il lui arrivait de citer agréablement Jean de Meung, Guillaume de Lorris, Aulu-Gelle, Apulée, Héliodore, Longus et autres noms inconnus du prétoire. Il stupéfiait l'auditoire, déroutait le parquet, éblouissait le tribunal — et perdait les causes.

Pendant qu'Alexis lui expliquait son affaire, l'avocat faisait une singulière grimace. Son front se plissait verticalement au milieu, de manière à former un énorme guillemet; ses sourcils se rejoignaient en accolade; ses oreilles se dressaient en points d'interrogation; les cartilages de son nez frétillaient comme ceux d'un chien qui flaire une proie; sa bouche était tourmentée de mouvements convulsifs; toutes les parties de son visage, en un mot, semblaient vouloir faire un voyage d'exploration vers le cerveau : un procédé comme un autre de fouiller dans sa mémoire.

« C'est singulier, dit-il en interrompant Alexis, je me souviens d'avoir vu cela quelque part... Mais où diable l'ai-je lu?

— Parbleu! répondit Alexis en tirant le volume de sa poche, voilà où vous l'avez lu.

— Là?... allons donc! est-ce que je mets le nez dans ces ordures?... Ah! j'y suis!... une minute; je suis à vous. »

Il sortit et il revint au bout d'un instant, tenant à la main un volume in-octavo au milieu duquel il avait intercalé son index en manière de signet.

« Je le savais bien! s'écria-t-il en ouvrant le volume, parbleu! Recueil Legrand d'Aussy : *Fabliaux ou contes du* XIIe *et du* XIIIe *siècle*, tome IV. Oui, oui, c'est bien cela; c'est tout à fait le fond de l'histoire. (Ici l'avocat se mit à plaider.) La forme change, voyez-vous, mais le cœur humain ne change pas, et le va-et-vient continuel des passions et des intérêts doit souvent amener des combinaisons identiques. Quoi de plus naturel, dès lors, qu'il se trouve à point nommé un esprit observateur et malin, faisant son profit de ces drôleries et ayant la prétention de les transmettre à la postérité? Qui pourrait dire le nombre d'éditions qu'a déjà eues cette historiette traîtresse qui vous a séduit et vous met aujourd'hui dans la peine? Qui sait combien elle en aura encore? Il y a toujours eu des malheurs conjugaux et des mauvais plaisants pour les raconter. Les Romains étaient friands de ces morceaux épicés, témoin Horace, Catulle, Tibulle, Properce, etc., et les Grecs encore plus. Et tenez! — car maintenant les souvenirs me reviennent en foule — Athénée, oui, Monsieur, Athénée, dans le *Banquet des Savants*, s'est égayé sur la même anecdote, et il est à croire qu'il l'avait reçue par tradition des somnolents Orientaux, trop désœuvrés pour dédaigner ce genre d'amusement. Peut-être qu'en cherchant bien nous retrouverions votre conte dans les immenses recueils que nous a légués la littérature sanscrite. Au fait, je serais curieux de savoir si, parmi les innombrables épisodes consignés dans les *Védas*...

— Mon Dieu, c'est inutile, interrompit Alexis; mais excusez mon ignorance, je n'ai pas l'honneur de connaître ce que vous appelez les *Védas*, et je serais bien aise, pour en parler au besoin, de savoir au moins l'époque à laquelle ils remontent.

— Au xve siècle environ, répondit l'avocat.

— Eh bien, mais...

— Je dis bien, appuya l'avocat, au xve siècle avant Jésus-Christ. »

Devant une antiquité aussi respectable, Alexis Cascade resta un instant pénétré d'une religieuse confusion. « C'est égal, dit-il enfin, je ne me serais jamais douté qu'il y eût quelque chose de commun entre les *Védas* et la citation que j'ai reçue hier. Quoi qu'il en soit, chargez-vous toujours de mon affaire; et maintenant, c'est fini, bien fini, je donne ma démission d'homme de lettres. On a beau s'évertuer à inventer les noms propres les plus comiques, à entasser les paradoxes les plus foudroyants, à combiner les situations les plus extravagantes, à faire du neuf, en un mot : on croit se lancer dans un conte invraisemblable, on tombe dans une histoire commune.

« Tout est arrivé, tout a été dit... »

Me X... plaida avec éloquence et vida son puits d'érudition; ce qui ne l'empêcha pas de perdre le procès de son client. Voilà encore qui n'est pas nouveau.

Pour paraître immédiatement :

DE

SINISTRES LIBERTINS

10 cent. la livraison ou une brochure à 1 fr.

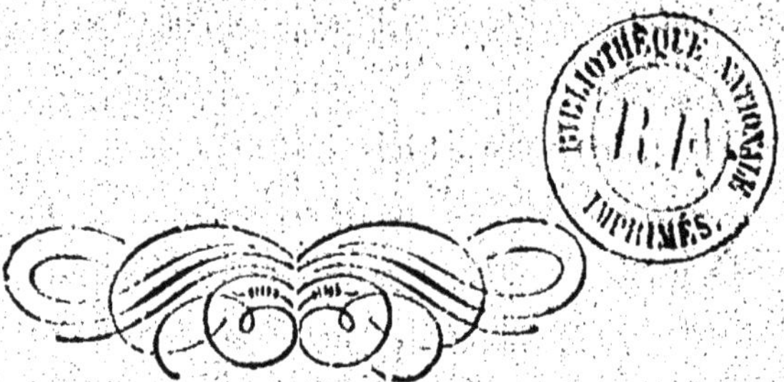

IMPRIMERIE D. BARDIN ET Cie, A SAINT-GERMAIN

www.ingramcontent.com/pod-product-compliance
Ingram Content Group UK Ltd.
Pitfield, Milton Keynes, MK11 3LW, UK
UKHW021220230726
13926UKWH00003B/1135